诗歌维新：新时代之新

李少君 著

中国文联出版社

图书在版编目（ＣＩＰ）数据

诗歌维新：新时代之新 / 李少君著． -- 北京：中国文联出版社，2021.11
 ISBN 978-7-5190-4687-3

Ⅰ.①诗… Ⅱ.①李… Ⅲ.①诗歌评论-中国-当代-文集 Ⅳ.① I207.22-53

中国版本图书馆 CIP 数据核字 (2021) 第 213654 号

著　　者	李少君	
责任编辑	胡笋	
责任校对	胡世勋	
装帧设计	贾闪闪	
出版发行	中国文联出版社有限公司	
社　　址	北京市朝阳区农展馆南里 10 号	邮编　100125
电　　话	010-85923025（发行部）	010-85923091（总编室）
经　　销	全国新华书店等	
印　　刷	北京市庆全新光印刷有限公司	
开　　本	889 毫米 x 1194 毫米　1/32	
印　　张	9.25	
字　　数	150 千字	
版　　次	2021 年 11 月第 1 版第 1 次印刷	
定　　价	48.00 元	

版权所有．侵权必究

如有印装质量问题，请与本社发行部联系调换

李少君

1967 年生，湖南湘乡人。
1989 年毕业于武汉大学新闻系。
主要著作有《自然集》、《草根集》、《海天集》、《应该对春天有所表示》等十六部，被誉为"自然诗人"。曾任《天涯》杂志主编，现为中国作家协会《诗刊》社主编。

代序

诗歌维新：新时代，新媒体，新诗歌

◇ 李少君

一、走向大众：媒介变革与诗歌革命

媒介变革深刻影响诗歌的发展，可以说诗歌革命与媒介变革相伴相生。从中国诗歌史来看，伴随媒介的进步革新，诗歌发展呈现出平民化、草根化，即"走向大众"的总趋势。自殷商至晚清，中国的主导媒介经历了从龟甲兽骨到竹简布帛，再到纸张和印刷术的普及，直至现代印刷革命和出版革命，

诗歌维新：新时代之新

大规模机械复制时代来临，每一场深刻的媒介变革都极大提高诗歌的普及和大众化程度。唐诗之所以能够呈现"布衣文学"的景观，得益于造纸工艺和技术的大发展，廉价轻便的纸张取代了笨重的竹简和昂贵的布帛，极大地促进了诗歌的传播，推动了唐诗的繁荣。到了宋代，印刷术的发展进一步推动了诗歌的传播。如果按照传播学者哈罗德·伊尼斯的说法，传播媒介具有时间或者空间偏向，那么造纸术和印刷术的发展作为深刻影响了中华文明进程的技术革命，极大增强了诗歌在地理空间上的传播扩散，并且逐渐打破知识垄断，让诗歌的受众更加广泛。造纸术和印刷术发达的川渝地区孕育了璀璨的巴蜀文化，杜甫和苏东坡等伟大的文学家之所以都与巴蜀有着不解之缘，除了个体的命运际遇之外，也是媒介革命带来的历史必然。从白帝城到夔州，巴蜀文化重镇奉节滋养千年诗心，正是媒介变革与诗歌革命交织融汇、互动共振的集中体现。伴随着媒介的发展革新，中国古典诗歌创造了辉煌灿烂的文化景观；而中国现代诗歌的诞生和发展同样离不开媒介的现代转型。新文化运动根植于现代印刷出版业的发展，基于大规模机械复制的现代报刊带来了前所未有的传播生态，为"新诗革命"提供了丰厚的土壤和广阔的空间。以报刊为载体的新诗歌不仅改变着文学形式，同时更大范围地传播新文化和新思想，成为中国走向现代的关键一步。

伴随着互联网的普及，在新媒体语境下，BBS、微博、微信和短视频等媒介形式生成去中心式的传播新机制，推动诗歌大众化、平民化和草根化，诗歌由此进入真正的民主化时代。在 BBS 时代，天涯社区通过引入知名诗人发表作品而获得海量关注，不仅重新聚集诗歌群体、诗歌部落，而且诞生了许多草根创作者，为文学创作和传播开辟了新空间。随着新浪微博时代的来临，网络短评的形式和碎片化阅读的方式让诗歌大规模网络传播成为可能。微信时代，是诗歌网络传播大繁荣的时代，微信碎片化、去中心化、强社交性等特性十分适合诗歌的传播。正是在这样的语境中，国内诗歌权威刊物《诗刊》杂志公众号收获了大量粉丝，并且推动了如草根诗人余秀华的诗歌作品大受欢迎，成为现象级的传播事件。从造纸术、印刷术到现代出版业，再到网络 BBS、微博、微信，诗歌虽然历经媒介变革，但仍然以文字为载体。到了视觉文化时代，随着短视频的崛起，诗歌开始以视听为媒介，打破了文字阅读的局限性，《诗刊》杂志和快手的合作正是这一媒介转向的突出体现。2021 年中秋和国庆期间，《诗刊》联合快手推出"快来读诗"诗歌朗诵活动，得到众多网友的热烈响应，其中有专业的诗人和朗诵家，也不乏业余爱好者及围观网友。

二、书写时代：诗歌的主体精神与历史使命

当人工智能开始写诗，我们还需要诗人吗？科技发展让诗歌面临前所未有的新问题。"月色清明似水天，一枝孤映

小窗前""一片寒光明月夜,满园秋色动清姿"……由人工智能"创作"的诗歌虽然格律工整规范、不乏经典意象,而且可以任选主题、批量生成,但对于读者而言总感觉流于形式、缺乏灵魂,其原因在于人工智能所"创作"的诗歌没有根植于时代的生命体验和情感关怀,这也正是人区别于人工智能的根本所在。

习近平总书记2014年主持召开文艺工作座谈会并发表讲话:"文艺是时代前进的号角。……衡量一个时代的文艺成就最终要看作品。推动文艺繁荣发展,最根本的是要创作生产出无愧于我们这个伟大民族、伟大时代的优秀作品。"诗歌动人的、旺盛的生命力存在于时代性之中。古代中国的盛唐气象孕育边塞诗雄浑辽阔的审美境界,现代中国的艰难转型带来新诗革命,根据地的革命实践催生延安诗歌,并从此奠定新中国诗歌的主调,彰显中国文化乃至中国社会追求现代性的主动性和主体性。诗歌之所以伟大，就在于能够突出反映时代精神。为时代画像、为时代立传、为时代明德，唯有与时代脉搏同频共振的诗人能够胜任，这是新时代诗歌的使命，也意味着诗人永远不可能被人工智能取代。

主体性是新时代诗歌的关键词，既包含个人性、人民性，又包含天下性。中国心学照亮人的内心世界，康德美学让启蒙理性的主体之光照亮现代的意义世界。但随着现代化进程的深化，工具理性正在消解人的自我意识及自我存在的价值。如何重构价值体系，抵御异化，复归人、人心，是时代提出的新问题。诗意的境界以其独有的超越性美学价值，对当代社会的异化问题作出回应。诗歌观照的是人的问题、人性的问题，但这里的人不是指个体、个人，不应走向极端个人主义，而应该是大写的人，指向人民性这一核心要求。中国古典诗歌彰显中国古典美学价值，儒家的"仁"的观念正是中国古典美学人民性的集中体现，"仁者，爱人""亲亲而仁民，仁民而爱物"当中蕴含抵御工具理性，回归主体性、人民性的古老智慧。中国现代诗歌接续延安以来的传统，以主题创作为主要形式，以人民性为精神旨归。正如习近平总书记在看望参加全国政协十三届二次会议的文化艺术界、社会科学界委员时强调："人民是创作的源头活水，只有扎根人民，创作才能获得取之不尽、用之不竭的源泉。"杜甫历经艰难，跳出一己之关注，升华出"安得广厦千万间，大庇天下寒士俱欢颜"的圣人情怀，方能成为"诗圣"。艾青之所以伟大，就在于他到延安之后建立起与人民生活、人民情感的血脉联系。主体性当中还蕴含着天下性，天下不只是人的天下，"乾称父，坤称母。""民，吾同胞；物，吾与也。"仁者爱人，也爱天地万物。天地诗心是为书写人类心灵，也是为一花一草做传。在新时代的语境当中，脱贫攻坚、"一带一路"、绿色发展等一系列重大政策给了更多诗人深入群众、扎根基层、亲近自然、参与历史的机会。诗歌界应当充分把握机遇，创作彰显主体性的新时代诗歌经典。

三、谱写新篇：新时代诗歌的前景与展望

历经百年奋斗，中华民族迎来了从站起来、富起来到强起来的伟大飞跃，站在中西古今交汇之处的新时代呼唤新经典。新时代提供了空前的历史条件，诗歌应当摆脱自我贬低、坚定文化自信，从虚无的解构主义走向积极的建构，以下三类题材大有可为。

首先是主题性诗歌创作。主题性诗歌反映生活，蕴含历史和现实关切，彰显人民性和时代性，是中国现代新诗的优秀传统，是马克思主义文艺理论和中国具体文艺实践相结合的产物。主题性诗歌创作在把握时代脉搏、建构中国话语、讲好中国故事、传播中国价值等方面具有不可替代的作用，是最具人民性和主体性的诗歌形式。主题性写作不应做窄化理解，是"小我"和"大我"的融合，是个人独特体验与社会公共性、时代普遍性的结合。在中华民族走向新的百年征程之际，在坚定文化自信的新征程上，扮演着主力军角色的主题性诗歌创作必定大放异彩。

其次是生态写作。伟大的时代一定会诞生新的宇宙观，社会发展的诸多新问题让人类重新思考人和自然及世界万物

之间的关系。主客二分的哲学观念已经走向穷途末路,中国哲学"万物一体""天人合一"的观念让人类社会看到新的希望。习近平总书记提出的建构人与自然"生命共同体"的思想是中国哲学与马克思主义生态文明理论相结合的具体体现。建构新的生态观、自然观和宇宙观,在强化主体性的同时,不断超越自我,达到"与天地参"的艺术境界,是新时代诗歌的崭新课题,也是新时代文学经典的应有之义。目前已经有刘慈欣的《三体》等优秀小说,在诗歌领域也势必会诞生经典作品。"一带一路"、精准扶贫、绿色发展、和谐社会等兼具主题性和生态性的题材,是新时代赋予诗人的宝贵创作资源,应当充分开发利用。

  第三是女性写作。同生态写作一样,女性写作是世界性的文化潮流,在许多国家形成方兴未艾之势。女性视角天然蕴含体恤悲悯之情,观照个体性的同时也包含了公共性,因女性作为弱者，其视角必然已包含男性因素，这是由其历史和现实境遇决定的。在世界文坛上，女性作者创作出众多优秀的文学作品。新世纪以来，中国文坛女性写作释放出空前的创造力，"新红颜"写作崭露头角、女诗人大规模涌现、余秀华现象备受关注，女性写作正在深刻改变当代诗歌的格局。展望未来，中国的女性写作会有日益广阔的发展前景。

诗歌的最高境界是自我和他者的统一，二者相辅相成、缺一不可。主题性创作是马克思主义文艺理论和中国具体文艺实践相结合的产物；生态写作将作为主体的人类置于新的宇宙观当中，构建万物平等的生命共同体意识，重思人类与自然之间的关系；女性写作能够超越个体，生成更宽广的视界。上述三类题材蕴含着抵达高远境界的巨大潜力，我们有理由相信新时代诗歌将在新媒介的助力下实现新突破、诞生新经典。

本文为在第三届全国文艺评论新媒体骨干培训班讲座综述，整理者：刘润坤，北京大学新闻与传播学院博雅博士后，第三届全国文艺评论新媒体骨干培训班学员

目录

001　　百年新诗的历史意义

016　　"人民性""主体性"问题的辩证思考

027　　我的心、情、意

034　　何谓诗意？

042　　樱花树下的诗意

052　　自然对于当代诗歌的意义

064　　在自然的庙堂里

071　　当代诗歌的"青春回眸"时刻

075　　《致青春——青春诗会四十年》序言

079　　在世界之中

086　　中华诗词的当代性

103	百年新诗中的北岛与昌耀
114	21世纪与新时代诗歌
145	百年新诗，其命维新 ◇ 李少君 吴投文

附录

197	以诗歌为"方法"，勘探世界与人心 ◇ 李云雷
212	重启一种"对话式"的诗歌写作 ◇ 杨庆祥
231	时代之新与诗歌之新 ◇ 李 壮
237	需要一种力量帮助我们凝视大地与天空 ——论主题创作与时代精神 ◇ 刘诗宇
260	全景写作与象牙微雕 ——当前史诗创作的可能性 ◇ 王年军

百年新诗的历史意义

明年是中国新诗诞生一百周年，这个时间确定，是从1917年胡适在上海出版的《新青年》杂志开始发表新诗算起。因此，今年的上海书展，借机设立了首届上海国际诗歌节，同时就中国新诗百年举办了"世界诗歌论坛"。而此前，全国各地也已陆续举办过各种纪念新诗诞生百年的研讨会、论坛及诗歌活动。"百年新诗"无可争议地成为2016年最火的热词之一。

百年新诗，客观地说，已取得了相当大的成就，但也意见纷纭。早在20世纪30年

诗歌维新：新时代之新

代，新诗诞生十五年之际，鲁迅就对当时新诗表示失望，认为中国现代诗歌并不成功，研究中国现代诗人，纯系浪费时间，甚至有些尖锐地说："唯提笔不能成文者，便作了诗人。"而鲁迅在留日时期写过《摩罗诗力说》，对诗曾寄予很高的期许："盖诗人者，撄人心者也。"新世纪初，季羡林先生在《季羡林生命沉思录》一书中，也认为新诗是一个失败，说朦胧诗是"英雄欺人，以艰深文浅陋"。甚至以写新诗而著名的流沙河，也认为新诗是一场失败的实验。当然，声称新诗已取得辉煌的也不在少数，有人甚至认为中国当代诗歌已走在同时期世界诗歌前列。

我个人对此抱着相对客观超脱的态度，觉得应该要放到一个长的历史背景下来看待新诗的成败得失。我一直认为冯友兰先生的一段著名的话，特别适合用来讨论诗歌与中国文化的关系及理解新诗与旧诗，那就是他在《西南联大纪念碑文》中说的："我国家以世界之古国，居东亚之天府，本应绍汉唐之遗烈，作并世之先进，将来建国完成，必于世界历史居独特之地位。盖并世列强，虽新而不古；希腊、罗马，有古而无今。惟我国家，亘古亘今，亦新亦旧，斯所谓'周虽旧邦，其命维新'者也！"这段话的意思是说，无论是从国家的层面上讲还是从文化的意义上衡量，居于现代层面的"中国"来源于"旧邦"的历史文化积淀，但它自身也存有内在创新的驱动力。不断变革、创新，乃是中国文化的一种天命！这种"亦新亦旧"的特质同样可以应用在我们对"五四"以来新文化新文学，特别是新诗的理解上。

讨论这个问题，首先要从诗歌在中国传统文化中的地位谈起。孔子曰："不学诗，无以言"，"诗"是"言"的基础，就是说诗歌是中国文化的一个基础。诗歌在中国文化中有着特殊的地位，在儒家的经典中，《诗经》总是排在第一。可以说，西方有《圣经》，中国有《诗经》。古代最基本的教育方式是"诗教"，《礼记》记载孔子曰："入其国，其教可知也；其为人也，温柔敦厚，《诗》教也。"其次，"诗教"也可以理解为是一种教养和修养，孔子在《论语》里面经常夸一个人时就说："可与言诗也。"最重要的，"诗

诗歌维新：新时代之新

教"还可以理解为一种宗教。林语堂曾说："吾觉得中国诗在中国代替了宗教的任务"，他认为诗教导了中国人一种人生观，还在规范伦理、教化人心、慰藉人心方面，起到与西方宗教类似的作用。钱穆等也有类似观点。

旧体诗既然是中国传统文化的一个基础和核心，那么，对传统采取全盘激烈否定的态度的五四新文化运动，当然要从新诗革命开始。新诗，充当了五四新文学革命和新文化运动的急先锋。胡适率先带头创作白话诗，在《文学改良刍议》中倡导文学革命，声称要用"活文学"取代"死文学"。认为只有白话诗才是自由的，可以注入新内容、新思想、新精神。他声称："死文字决不能产生活文学，若要造一种活的文学，必须有活的工具"，开始了以白话诗为主体的"诗体大解放"，打破格律等一切束缚，宣扬"有什么话，说什么话；话怎么说，就怎么说"，因此，新诗也被称为自由诗。陈独秀发表《文学革命论》，称欧洲之先进发达源于不断革命，"自文艺复兴以来，政治界有革命，宗教界亦有革命，伦理道德亦有革命，文学艺术，亦莫不有革命，莫不因革命而新兴而进化"。

这些年，关于"五四"的争论也很多，正面的认为其代表时代进步思潮，值得肯定；负面的认为其彻底否定传统文化开了激进主义思潮，导致伦理丧失、道德崩溃、虚无主义泛滥。关于"五四"，学者张旭东的观点比较公允，他指出在"五四"之前，人们常常把中国经验等同于落后的经验，而将西方经验目之为进步的象征，由此就在中国与西方之间建立了一种对立关系，陷入了"要中国就不现代，要现代就不中国"的两难境地。"五四"将"中西对立"转换为"古今对立"，成功地解决了这一困境，"五四"成为"现代中国"和"古代中国"的分界点，成为中国现代性的源头，从此可以"既中国又现代"。既然古代中国文化的核心和基础是诗歌，所以，五四新文学革命和新文化运动以新诗作为突破口是有道理的。

学者李泽厚就对新诗新文学予以高度肯定，表达过其相当深刻的理解。他说，"五四"白话文和新文学运动是"成功的范例，它是现代世界文明与中国本土文化相冲撞而融合的一次凯旋，是使传统文化心理接受现代化挑战而走向世界的一次胜利。"五四"以来的新文体，特别是直接诉诸情感的新文学，所载负、所输入、所表达的，是现代的新观念、新思想和新生活；但它们同时又是中国式的。它们对人们的影响极大，实际是对深层文化心理所作的一种转换性的创造"。他特别举例现代汉语在输入外来概念时，所采取的意译而非音译方式，很有创造性，文化既接受了传入的事实，又未曾丧失自己，还减少了文化冲突。"既明白如话，又文白相间，传统与现代在这里合为一体。"

确实，在郭沫若、冰心、胡适、徐志摩等早期新诗人的诗歌中，自由、民主、平等、爱情及个性解放等现代观念得到了广泛的传播，起到了一定的现代思想的启蒙和普及作用。此后，闻一多、何其芳、冯至、卞之琳等开始强调"诗歌自身的建设"，主张新诗不能仅仅是白话，还应该遵照艺术规律，具有艺术之美和个性之美。戴望舒、李金发等则侧重对欧美现代诗艺如象征主义、意象派的模仿学习。抗日战争开始后，艾青、穆旦等在唤醒民众精神的同时继续新诗诗艺的探索。新中国成立后，受苏联及东欧、拉美诗歌的影响，积极昂扬向上的抒情主义一度占据主流，并为新中国奠定思想基础及美学典范。但后来这一方向遇到文革阻断。直到20世纪70年代末，诗歌界才又重新开始新诗的现代探索之路。

在这里，我重点梳理一下20世纪70年代末算起的当代诗歌四十年。我个人曾大致把这四十年分为三个阶段：

第一个阶段是朦胧诗时期，主要是向外学习的阶段，翻译诗在这一阶段盛行。朦胧诗是"文革"后期出现的一种诗歌新潮，追求个性，寻找自我，呼唤人性的回归和真善美，具有强烈的启蒙精神、批判思想和时代意识，是一种新的诗歌表达方式和美学追求。朦胧诗主要的特点：一是其启蒙精神和批判性，北岛在这方面尤其突出，他对旧有的虚假空洞意识形态表示怀疑，公开喊出："我不相信"，同时，他高扬个人的权利，宣称"在一个没有英雄的年代，我只想做一个人"；二是对人性之美的回归，对日常生活之美的回归，舒婷比较典型，她呼唤真正的深刻平等的爱情、友情，比如《致橡树》等诗。朦胧诗的新的美学追求，也得到了部分评论家的肯定，其中尤以谢冕、孙绍振和徐敬亚为代表，他们称之为"一种新的美学原则的崛起"，为其确定追求人性人情人权的准则，从而为其提供合法性正当性证明。但朦胧诗与翻译诗关系密切。诗歌界有一个相当广泛的共识，即没有翻就没有新诗，没有灰皮书就没有朦胧诗。已有人考证胡适的第一首白话诗其实是翻译诗。而被公认为朦胧诗起源的灰皮书，是指20世纪六七十年代只有"高干""高知"可以阅读的、所谓"供内部参考批判"的西方图书，其中一部分是西方现代派小说和诗歌，早期的朦胧诗人们正是通过各种途径接触到这些作品，得到启蒙和启迪，从此开始他们的现代诗歌探索之路。70年代后期改革开放之后，西方诗歌从古典主义、浪漫主义到现代主义被一股脑翻译过来，从普希金、拜伦、雪莱、泰戈尔、惠特曼、波德莱尔、艾米莉·狄金森、艾略特、奥登、普拉斯、阿赫玛托娃到布罗茨基、米沃什、史蒂文森等，以西方现代诗歌为摹本的风气更是盛行一时。

朦胧诗本身的命名来自章明的批评文章《令人气闷的"朦胧"》，认为一些青年诗人的诗写得晦涩、不顺畅，情绪灰色，让人看不懂，显得"朦胧"。这一看法，可以从两个方面来分析，一是朦胧诗由于要表达一种新的时代情绪和精神，老一辈可能觉得不好理解，故产生隔膜，看不懂；二则可能因为这种探索因为是新的，这种新的时代的表达方式是此前所未有的，因而必然是不成熟的，再加上要表达新的感受经验，中国传统中缺乏同类资源，只好从翻译诗中去寻找资源，而翻译诗本身因为转化误读等，就存在不通畅的问题，在这样的情况影响下的诗歌，自然也就有不畅达的问题，故而扭曲变异，所以"朦胧"，让人一时难以理解接受。

朦胧诗试图表达新的时代精神，创造新的现代语言，但因受制于时代受翻译体影响，再加上表达受时代限制导致的曲折艰涩，诗艺上还有所欠缺，未能产生更大影响，后来进入欧美后也受到一些质疑，比如其对所谓"世界文学"的有意识的模仿和追求，及其诗歌表达方式和技巧的简单化。

第二个阶段是文学寻根时期，也是向内寻找传统的阶段，后来更在"国学热"、文化保守主义潮流中日趋加速，朦胧诗和第三代诗人中已有部分诗人开始具有自觉的将传统进行现代性转换的创造意识，这个时期也可以说是一个文学自觉的时期，民族本土性主体性意识开始觉醒。最早具有寻根意识的作品被认为是杨炼的诗歌《诺日朗》等。后来则是小说界将之推向高潮。韩少功发表《文学的根》，莫言、贾平凹、阿城等相继推出《红高粱》、《商州》系列和《棋王》等小说。文学寻根思潮的产生，可能受到两股思潮的影响：一是拉美的魔幻现实主义，也是"寻根"面目出身，寻找拉丁美洲大陆的独特性和精神气质，代表性作家马尔克斯的《百年孤独》在文学界人手一册；二是欧美本身的反现代化潮流，表现为所谓反现代性的审美现代性，比如在艺术界以梵高、高更为代表的反现代文明、追求原始野性的潮流。此外，进入20世纪90年代以后，大陆文化保守主义思潮兴起，国学热盛行，陈寅恪、王国维等成为新的时代偶像。

这一时期值得注意的是台湾现代诗歌对大陆的影响。台湾现代诗正好已经过第一阶段向外学习，开始转向自身传统寻找资源，而且刚刚创作出具有一定示范性的代表性作品，比如余光中的《乡愁》、郑愁予的《错误》、洛夫的《金龙禅寺》等。台湾现代主义早期也是以西化为旗帜的，三大刊物《现代诗》《创世纪》《蓝星》等，明确强调要注重"横的移植而非纵的继承"，主张完全抛弃传统。但有意思的是，台湾现代诗人们越往西走，内心越返回传统。他们最终恰恰以回归传统的诗作著名，而且也正是这批诗作，他们被大陆诗歌界和读者们广泛接受。台湾现代主义诗歌对整个当代诗歌四十年的影响力，有时会被有意无意忽视，但我们不能不承认，在第二阶段，台湾现代诗取得了辉煌的成就，足以和朦胧诗抗衡。

寻根思潮持续性很强。后来也出现许多优秀的作品，比如柏桦的《在清朝》、张枣的《镜中》等，年轻的继承者则有陈先发、胡弦等，其意义还有待进一步挖掘。

第三个阶段出现在21世纪诗歌开初，其中最重要的一个背景是互联网及自媒体的出现及迅速普及，还有全球化的加速，促进中西文化与诗歌大交流大融合，激发创造力。我称之为诗歌的"草根性"的时期，这是向下挖掘的阶段，也是接地气和将诗歌基础夯实将视野开阔的阶段。所谓诗歌的"草根性"，我写过一篇文章《天赋诗权，草根发声》，大意是每个人都有写诗的权利，但能否写出诗歌和得到传播还需要一些外在条件，比如要有一定文化水准，也就是说得先接受教育，现在正好是一个教育比较普及的时代。然后，写出来能得到传播，网络正好提供了一个新的传播渠道和平台，博客、微博、微信这样的自媒体对诗歌传播更是推波助澜，这些外在条件具备了，诗歌的民主化进程也就开始了。新的创作机制、传播机制、评判机制、选择机制与传播依赖纸刊、编辑的机制相比，发生了变化。诗歌进入一个相对大众化、社会化也是民主化的时代。当然，一个人是否能成为好诗人还有天赋等问题，诗有别才，但大的趋势基本如此。所以，我将"草根性"定义为一种自由、自发、自然并最终走向自觉的诗歌创作状态。

这个时代的一个标志就是底层草根诗人的崛起，被称为"草根诗人"的有杨键、江非等最早引起注意，而打工诗人郑小琼、谢湘南、许立志等也被归于这一现象，2014年底余秀华的出现，使"草根诗人"成为一个具有广泛社会影响力的现象，达到一个高潮；另一个标志是地方性诗歌的兴盛，中国历史上就有地方文化现象，古代有"北质而南文"的说法，江南文化、楚文化、齐鲁文化、巴蜀文化等使得中国文化呈现活力和多样性。当代地方性诗歌也进入相互竞争、相互吸收、相互融合的阶段。雷平阳、潘维、古马、阿信等被誉为代表性诗人。而少数民族诗人的兴起也可以归入这一现象，如吉狄马加等少数民族诗人，为当代诗歌带入新的诗歌因素，并成功进入主流文学。还有一个现象是女性诗歌的繁荣。这也与网络的出现有一定关系。女诗人几乎人人开博客和微信、微博等自媒体。自媒体有点像日记，又像私人档案馆，还像展览发布厅，自己可以做主，适合女性诗人。女诗人们纷纷将自己的照片、诗歌、心得感受、阅读笔记全部公开，并吸引读者。我曾称之为"新红颜写作"现象。其背后的原因则是女性接受教育越来越普遍，知识文化程度提高，导致女诗人大规模的涌现，超过历史任何一个时期，释放出空前创造力，并深刻改变当代诗歌的格局，引起广泛关注。而且，女性占人类一半，其创造性的释放，在某种意义上具有人类文明史的意义。

近两年来，在诗歌传播上，微信更起到了推波助澜的作用。微信的朋友圈分享，证明"诗可以群"。微信适合诗歌阅读和传播，快捷，容量小，并可随时阅读，日渐成为人们日常生活习惯。而另一方面，从网络诗歌开始就有的"口语化"

诗歌维新：新时代之新

趋势，也使诗歌更容易被读懂和广泛接受。所以，微信不受地域限制，汉语诗歌微信群遍布世界各地，人在海外，心在汉语。其后续影响值得关注。

第三个阶段之后，我觉得开始进入了一个新的阶段，一个向上超越的阶段，这个阶段刚刚开始。在这个阶段，有可能确立新的美学原则，创造新的美学形象，建立现代意义世界。

历史上曾出现过这样的时期，盛唐诗歌就创造了古典美学的典范。李白是自由、浪漫的象征，他背后代表着道教的精神。杜甫是深情、忧患的典型，他的感时忧国是一种儒家传统。王维则是"超脱、超越"的形象，他有佛家及禅宗的关怀。在古典文学中，由于文史哲不分家，诗歌里本身包含哲学观念和历史经验，诗融情理，诗人们集体创造了一个古典的意义世界，为社会提高价值和精神，至今仍是一个美学和意义的源头。

所以，向上，确立新的现代的美学原则，创造新的美学形象，建立现代意义世界，是一个有待完成的目标。现代意义世界，应在天地人神的不断循环之中建立，兼具自然性、人性、神性三位一体。因为，自然乃人存在的家园，这是基础；而对人性、人心、人权的尊重和具备，是必须的现代准则。神性，则代表一种向上的维度，引导人的上升而非坠落。只有在这样一个多维度的融域视野中，高度才是可能的，当代诗歌的高峰也才会出现。

对这一个阶段，我预测：首先，这将是一个融会贯通的阶段，由于我们身处全球化时代，这将是一个古今中西融汇的阶段。其次，应该是众多具有个人独特风格和审美追求的优秀诗人相继涌现。当然，最关键的，这一阶段还将有集大成的大诗人出现。最后，这一阶段将确立真正的现代美学标准，呈现独特而又典范的现代美学形象，从而建构现代的意义世界，为当代人提供精神价值，安慰人心。

（本文为2016年8月17日在首届上海国际诗歌节"世界诗歌论坛"上的发言稿）

诗歌维新：新时代之新

"人民性""主体性"问题的辩证思考

主体性概念是一个现代概念，自康德强调之后，成为西方启蒙主义的一个重要话题。康德认为人因具理性而成为主体，理性和自由是现代两大基本价值，人之自由能动性越来越被推崇，人越来越强调个人的独特价值。根据主体性观点，人应该按自己的意愿设计自己的独特生活，规划自己的人生，决定自己的未来，自我发现、自我寻找、自我实现，这才是人生的意义。在诗歌中，这一理念具体化为强调个人性，强调艺术的独特性。诗人布罗茨基的观点颇具代表性,他说:"如果艺术能教给一个人什么东西(首先是教给一位艺术家),那便是人之存在的孤独性。作为一种最古老,也最简单的个人方式,艺术会自主或不自主地在人身上激起他的独特性、个性、独处性等感觉,使他由一个社会动物变为一个个体。"但极端个人化和高度自我化,最终导致的是人的原子化、人性的极度冷漠和世界的"碎片化""荒漠化"。

中国文化对此有不同理解和看法。在中国古典诗学中,诗歌被认为是一种心学。《礼记》说:"人者,天地之心也。"段玉裁《说文解字注》对此解释:"禽兽草木皆天地所生,而不得为天地之心,唯人为天地之心,故天地之生此为极贵。天地之心谓之人,能与天地合德。"现代哲学家冯友兰先生认为:人是有觉解的动物,人有灵觉。因为这个原因,人乃天地之心,人为万物之灵。人因为有"心",从而有了自由能动性,成为一个主体,可以认识天地万物、理解世界。从心学的观点,诗歌源于心灵的觉醒,由己及人,由己及物,认识天地万物。个人通过修身养性不断升华,最终自我超越达到更高的境界。

诗歌的起源本身就有公共性和群体性。中国古代诗人喜欢诗歌唱和和雅集。这是因为，诗歌本身就有交往功能、沟通功能和公共功能，可以起到问候、安慰、分享的作用。古人写诗，特别喜欢写赠给某某，这样的诗歌里暗含着阅读的对象，也因此，这样的诗歌就不可能是完全自我的，是必然包含着他者与公共性的。中国诗歌有个"知音"传统，说的就是即使只有极少数读者，诗歌也从来不是纯粹个人的事情，诗歌永远是寻求理解分享的。

诗歌是一种心学的观点，要从理解什么是"心"开始。心，在中国传统文化中是指感受和思想的器官。心，在中国文化中是一个整体性概念，既不是简单地指心脏，也不是简单地指大脑，而是感受和思想器官的枢纽，能调动所有的器官。

我们所有的感受都是由心来调动，视觉、味觉、嗅觉、触觉等所有感觉，都由心来指挥。比如鸟鸣，会唤醒我们心中细微的快乐；花香，会给我们带来心灵的愉悦；蓝天白云，会使我们心旷神怡；美妙的音乐，也会打动我们的心……这些表达里都用到心这个概念，而且其核心，也在心的反应。我们会说用心去听，用心去看，用心去享受，反而不会强调是用某一个具体器官，比如用耳去听，用眼去看。因为，只有心才能调动所有的精神和注意力。所以，钱穆先生认为心是一切官能的总指挥、总开关。人是通过心来感受世界、领悟世界和认识理解世界的。

以心传心，人与人之间的心灵是可以感应、沟通的。人同此心，心同此理，诗歌应该以情感动人，人们对诗歌的最高评价就是能打动人、感动人，说的就是这个道理。钱穆先生认为：好的诗歌，能够体现诗人的境界，因此，读懂了好的诗歌，你就可以和诗人达到同一境界，这就是读诗的意义所在。

心通万物，心让人能够感受和了解世界。天人感应，整个世界被认为是一个感应系统，感情共通系统。自然万物都是有情的，世界是一个有情世界，天地是一个有情天地。王夫之在《诗广传》中称："君子之心，有与天地同情者，有与禽鱼鸟木同情者，有与女子小人同情者……悉得其情，而皆有以裁用之，大以体天地之化，微以备禽鱼草木之几。"

诗歌维新：新时代之新

宋代理学家张载提出"民胞物与"的观点，将他人及万物皆视为同胞。语出《西铭》一文："乾称父，坤称母；予兹藐焉，乃混然中处。故天地之塞，吾其体；天地之帅，吾其性。民，吾同胞，物，吾与也。"意思是，天是父亲，地是母亲，人都是天地所生，所以天底下之人皆同胞兄弟，天地万物也皆同伴朋友。因此，我们应该像对待兄弟一样去对待他人和万物。中国古典诗人因此把山水、自然、万物也当成朋友兄弟。王维诗云："流水如有意，暮禽相与还。"李白感叹："相看两不厌，唯有敬亭山。"李清照称："水光山色与人亲。"

在诗歌心学的观点看来，到达相当的境界之后，所谓主体性，不仅包括个人性，也包括人民性，甚至还有天下性。在中国诗歌史上，这样的例子举不胜举。其中最典型的就是唐代大诗人杜甫。

那么，何谓"境界"？境，最初指空间

的界域，不带感情色彩。后转而兼指人的心理状况，涵义大为丰富。这一转变一般认为来自佛教影响。唐僧圆晖所撰《俱舍论颂释疏》："心之所游履攀缘者，故称为境。"境界，经王国维等人阐述后，后来用来形容人的精神层次艺术等级，境界反映人的认识水平、心灵品位。王国维在《人间词话》里称："有境界则自成高格。"

哲学家冯友兰认为："中国哲学中最有价值的部分是关于人生境界的学说。"学者张世英则说："中国美学是一种超越美学，对境界的追求是其重要特点。"境界可谓中国诗学的核心概念。

境界概念里，既包含了个体性与主体性问题，个体的人可以通过修身养性，不断自我觉悟、自我提高，强化自己的主体性；也包含了公共性与人民性的问题，人不断自我提升、自我超越之后，就可以到达一个高的层次，可以体恤悲悯他人，也可以与人共同承受分享，甚至"与天地参"，参与世界之创造。

杜甫早年是一个强力诗人，"主体性"非常强大，在他历经艰难、视野宽广之后，他跳出了个人一己之关注，将关怀洒向了广大的人间。他的境界不断升华，胸怀日益开阔，视野愈加恢宏,成为一个具有"圣人"情怀的诗人,所以历史称之为"诗圣"。杜甫让人感到世界的温暖和美好。

杜甫早年的"主体性"是非常突出的,他有诗之天赋,天才般的神童,七岁就有过"七龄思即壮,开口咏凤凰"这样让人惊叹的表现。年轻的时候,杜甫意气风发,有过"致君尧舜上,再使风俗淳"的理想,也曾经充满自信地喊出:"会当凌绝顶,一览众山小",对世界慷慨激昂地宣称"济时敢爱死,寂寞壮心惊""欲倾东海洗乾坤"。杜甫不少诗歌中都显现出其意志力之强悍,比如:"骁腾有如此,万里可横行""何当击凡鸟,毛血洒平芜""安得鞭雷公,滂沱洗吴越""尔曹身与名俱灭,不废江河万古流""来如雷霆收震怒,罢如江海凝清光""杀人红尘里,报答在斯须",何其生猛!即使写景也有"一川何绮丽,尽日穷壮观""无边落木萧萧下,不尽长江滚滚来""星垂平野阔,月涌大江流"何其壮丽!……,杜甫自己若无这样的意志和激情,不可能写出这样决绝强劲的诗句。

杜甫主体性之坚强,尤其表现在他身处唐代这样一个佛道盛行的年代,甘做一个"纯儒",即使被视为"腐儒""酸儒"。有一句诗最能表达杜甫的强力意愿:"葵藿倾太阳,物性固难夺。"葵藿就是现在说的向日葵,物性趋太阳光,《昭明文选》里称:"若葵藿之倾叶,太阳虽不为之回光,然向之者诚也。"三国魏曹植《求通亲亲表》里也有:"若葵藿之倾叶,太阳虽不为之回光,然终向之者,诚也。"杜甫认为自己坚守理想是一种物性,实难改变,尽管意识到"世人共卤莽,吾道属艰难",但仍然甘为"乾坤一腐儒"(《江汉》),不改其志,仿佛"哀鸣思战斗,迥立向苍苍"的战马。

杜甫的诗歌主体性还表现在他的艺术自觉。杜甫写作追求"为人性僻耽佳句,语不惊人死不休",对于写作本身,他感叹"文章千古事,得失存心知"。杜甫很自信,并且坚信"诗是吾家事""读书破万卷,下笔如有神",但也虚心好学,"转益多师是汝师","不薄今人爱古人",他对诗歌字斟句酌,精益求精,"新诗改罢自长吟","晚节渐于诗律细"。

惜乎时运不济,杜甫的一生艰难坎坷,他长年颠沛流离,常有走投无路之叹:"残杯与冷炙,到处潜悲辛。"(《奉赠韦左丞丈二十二韵》)"真成穷辙鲋,或似丧家狗。"【《奉赠李八丈(曛)判官》】;再加上衰病困穷,因此常用哀苦之叹:"贫病转零落,故乡不可思。常恐死道路,永为高人嗤。"(《赤谷》),"老魂招不得,归路恐长迷。"(《散

诗歌维新：新时代之新

愁二首》）杜甫一生都在迁徙奔波和流亡之中，但也因此得以接触底层，与普通百姓朝夕相处，对人民疾苦感同身受，使个人之悲苦上升到家国天下的哀悯关怀。

安史之乱期间，杜甫融合个人悲苦和家国情怀的诗歌，如《哀江头》《哀王孙》《悲陈陶》《悲青坂》《春望》《新安吏》《潼关吏》《石壕吏》《新婚别》《垂老别》《无家别》等，以一己之心，怀抱天下苍生之痛苦艰辛悲哀，使他成为了一个伟大的诗人。杜甫最著名的一首诗是《茅屋为秋风所破歌》，在诗里，杜甫写到自己草堂的茅草被秋风吹走，又逢风云变幻，大雨淋漓，床头屋漏，长夜沾湿，一夜凄风苦雨无法入眠。但诗人没有自怨自艾，而是由自己的境遇，联想到天下千千万万的百姓也处于流离失所的命运。诗人抱着牺牲自我成全天下人的理想呼唤："安得广厦千万间，大庇天下寒士俱欢颜，风雨不动安如山。""何时眼前突兀见此屋？吾庐独破受冻死亦足！"这是何等伟大的胸襟，何等伟大的情怀！在个人陷于困境中时，在逃难流亡之时，杜甫总能推己及人，联想到普天之下那些比自己更加困苦的人们。

杜甫的仁爱之心是一以贯之的。他对妻子儿女满怀深情，如写月夜的思念："今夜鄜州月，闺中只独看。遥怜小儿女，未解忆长安。香雾云鬟湿,清辉玉臂寒。何时倚虚幌,双照泪痕干。"他牵挂弟弟妹妹:"海内风尘诸弟隔,天涯涕泪一身遥。""我今日夜忧,诸弟各异方。不知死与生,何况道路长。避寇一分散,饥寒永相望。"对朋友,杜甫诚挚敦厚,情谊深长,他对好友李白一往情深,为李白写过很多的诗歌,著名的有"三夜频梦君,情亲见君意""冠盖满京华,斯人独憔悴""敏捷诗千首,飘零酒一杯"等。杜甫对邻人和底层百姓一视同仁,如"盘飧市远无兼味,樽酒家贫只旧醅。肯与邻翁相对饮,隔篱呼取尽余杯""堂前扑枣任西邻,无食无儿一妇人"。杜甫对鸟兽草木也充满情感,他的诗歌里,万物都是有情的,他写鸟兽:"自去自来梁上燕,相亲相近水中鸥。""鸂鶒西日照,晒翅满鱼梁。""鹅儿黄似酒,对酒爱新鹅。引颈嗔船逼,无行乱眼多。"他写草木:"杨柳枝枝弱,枇杷树树香。""繁枝容易纷纷落,嫩叶商量细细开。"等等。

由于杜甫的博大情怀,杜甫被认为是一个"人民诗人",堪称中国古典文学中个人性和人民性融合的完美典范。杜甫的"人民性",几乎是公认的,不论出于何种立场和思想,都认可这一点。但由上分析,杜甫"人民性"是逐步形成的,因为其经历的丰富性，视野的不断开阔，杜甫才得以最终完成自己。杜甫因此被誉为"诗圣"，其博爱情怀和牺牲精神，体现了儒家传统中"仁爱"的最高标准。

杜甫被认为是具有最高境界的诗人，到达了冯友兰所说的天地境界："一个人可能了解到超乎社会整体之上，还有一个更大的整体，即宇宙。他不仅是社会的一员，同时还是宇宙的一员。他是社会组织的公民，同时还是孟子所说的'天民'。有这种觉解，他就为宇宙的利益而做各种事。他了解他所做的事的意义，自觉他正在做他所做的事。这种觉解为他构成了最高的人生境界，就是我所说的天地境界。"生活于天地境界的人就是圣人。

所以，诗人作为最敏感的群类，其主体性的走向是有多种可能性的，既有可能走向极端个人主义，充满精英的傲慢，也有可能逐渐视野开阔，丰富博大，走向"人民性"，以人民为中心，成为一个"人民诗人"，杜甫就是典范。

我的心、情、意

一

诗歌是一种心学。

诗歌感于心动于情,从心出发,凝聚情感,用心写作,其过程类似修心,最终领悟意义,创造境界,得以在其中安心,同时还可能安慰他人,称之"心学"名副其实。

心,是感受和思想的器官,钱穆先生认为心是一切官能的总指挥、总开关。学,有学问和学习两重含义,这里主要是指学习。学习,是一种通过观察、了解、研究和领悟使个体可以得到情感与价值的改善和升华的方式。

诗歌是一种心学，意思是，诗歌本质上是一种感受、学习并领悟世界的方式。心通天地万物，心是具体的、个人性的，但可以心心相通，以心传心，他人亦能感受、体会、理解。

每一代人，都要重新认识世界和了解世界，这是一种心学；而每一个时代，我们也都要面对新的感觉和变化及新的情况，努力学习、思索和理解，这也是一种心学。

需要特别指出的是，这种心学是建立在语言的基础上的，维特根斯坦认为语言是人区别于其他物种的存在方式。人是语言的动物，人也是情感的动物，唯有人，可以用语言把情感描述、记录、储存、升华并保留下来，即使历经千年，仍能打动后人。

我的心、情、意

二

所以，诗歌也是一种情学。

情，指因外界事物所引起的喜、怒、爱、憎、哀、惧等心理状态。李泽厚认为，动物也有情有欲，但人有理性，可以将情分解、控制、组织和推动，也可以将之保存、转化、升华和超越。若以某种形式将之记录、表现、储存或归纳，就上升为文学和艺术。因此，李泽厚对艺术如此定义："艺术就是赋情感以形式。"艺术就是用某种形式将情感物化，使之可以传递，保存，流传。这，就是艺术的本源。

在我看来，艺术，其实就是"情感的形式"，或者说"有形式的情感"，而诗，是最佳也最精粹的一种情感方式。

古人云：触景生情。情只有在景中，也就是具体境中才能激发并保存下来，而境是呈现情的具体场所和方式。

那么，何谓"境"？境,最初指空间的界域,不带感情色彩。后转而兼指人的心理状况，涵义大为丰富。唐时，境的内涵意思基本稳定，既指外，又指内，既指客观景象，又指渗透于客观景象中的精神，含有人的心理投射观照因素。

境，为心物相击的产物，凝神观照所得。其实质就是人与物一体化。主客融合，物我合一，造就一个情感的小世界，精神的小宇宙。在情的观照整合统摄下，形成对世界和宇宙的认识理解。

情境，有情才有境。情景交融，情和景总是联系在一起的。情境，就是情感的镜像或者说框架，个人化的，瞬间偶然的，情感在此停留，沉淀，进而上升为美。情境是一个情感的小天地。细节、偶然、场景因情感，才有意义，并建立意义。

中国人认为万物都是有情的，世界是一个有情世界，天地是一个有情天地。王夫之在《诗广传》中称："君子之心，有与天地同情者，有与禽鱼鸟木同情者，有与女子小人同情者……悉得其情，而皆有以裁用之，大以体天地之化，微以备禽鱼草木之几。"世界，是一个集体存在、相互联系、同情共感的命运共同体。

张淑香称之为一种彻底的"唯情主义"，这种"唯情主义"认为世界万物都有着"一条感觉与感情的系带"，并且由古而今，"个体之湮没，虽死犹存，人类代代相交相感，亦自成一永恒持续之生命，足与自然时间的永恒无尽相对峙与相呼应"，从而超越死亡的恐惧，肯定生命本身的绝对价值。

三

诗歌，最终要创造一个有情的意义世界。

意，就是有方向、有目的的情感。意义，指精神赋予的含义、作用与价值。人是有自我反省、觉解能力的，能够意识到生活是否值得过下去。所以，人生是否有意义，对于每个人都很重要，人皆需要寻找意义。

诗，应该创造和提供一个意义世界。那么，如何创造？

前面说了，情之深入、持续与执着，产生"意"。以摄影经验为例，万物万景茫茫，唯定格截取一点，才能构成具体场景图像，才能有所确定，才能清晰，才能呈现摄影者心意，才能凸显美。

诗亦如此，欲以语言保存情感，亦需截取，固定为境。情凝聚、投注于境，沉淀下来，再表达出来，成为诗，成为艺术。

所以，艺术来自情深，深情才能产生艺术。这点类似爱情。心专注，才有情，才会产生情。爱情的本质，就是专一，否则何以证明是爱情。

艺术之本质也是如此，艺术就是深入聚焦凝注于某种情感经验之中，加以品味沉思，并截取固定为某种形式，有如定格与切片，单独构成一个孤立自足的世界，比如一首诗或一幅画。而阅读到这一首诗这一幅画的他者，又因其中积淀的元素唤起自身的记忆和内心体验，引起共鸣，感受到一种满足感（康德称之为"无关心的满足感"），并带来一种超越性，这就是美。

这种感受，就像瑞典诗人特朗斯特罗姆所说的"诗歌是禅坐，不是为了催眠，而是为了唤醒"，先唤醒己心，再以己心唤醒他心。

捷克汉学家普实克很早就认为，中国抒情诗擅长"从自然万象中提炼若干元素，让它们包孕于深情之中，由此以创制足以传达至高之境或者卓尔之见，以融入自然窈冥的一幅图像"。

而意，自在这情之深刻、专注、凝固之中。当然，这情，不仅限于人与人，还包括对天地万物之情，推己及人，由己及物。王维之思:"流水如有意,暮禽相与还。"李白之感:"相看两不厌,唯有敬亭山。"李清照之喜:"水光山色与人亲。"辛弃疾之恋:"我见青山多妩媚,料青山见我应如是。"

古人说:诗融情理,诗统情理,情理结合构成意义。意义予人以目的、方向,予人生以满足感、充实感和价值。

在此意义上,布罗茨基说:"诗是我们人类的目的。"

诗歌维新：新时代之新

何谓诗意？

　　诗人写诗，都是要追求一个诗意。

　　废名在强调旧体诗与新诗的区别时说：旧体诗因为形式是新的，怎么写都可以，都是诗。而新诗，因为形式是散文的，所以必须有一个诗意，再将文字组织串联起来。可谓说到要害。

　　那么，什么是诗意？

　　诗意，按《现代汉语词典》："像诗里表达的那样给人以美感的意境。"

　　按一般理解，诗意，就是诗人用一种艺术的方式，对于现实或想象的描述与自我感受的表达。在情感立场上，有深情赞美的，有热爱歌颂的，也有批判反讽的，等等；在表达方式上，有委婉的，有直抒胸臆的，有用象征或隐喻手法的，等等。

诗意被认为是一首诗最重要的元素，所以，《现代汉语大词典》补充解释"诗意，就是诗的内容和意境。"

诗无定法，诗意有多样含义和特点，是一个多变的概念。诗意，可能是一个细节，凝聚情感和记忆的细节，比如米沃什有一首诗《偶遇》，里面写到一个细节，一个人在路上看到一只兔子跑过，伸出手指了一下，整首诗围绕这个手势展开，回忆，怀念，含蓄而韵味无穷。诗是这样写的：

黎明时我们驾着马车穿过冰封的原野。
一只红色的翅膀自黑暗中升起。

突然一只野兔从道路上跑过。
我们中的一个用手指点着它。

已经很久了。今天他们已不在人世，
那只野兔，那个做手势的人。

哦，我的爱人，它们在哪里，它们将去哪里。
那挥动的手，一连串动作，砂石的沙沙声。
我询问，不是由于悲伤，而是感到惶惑。

诗意，也可能是一种非常个人化的情绪，诗人沉浸其中，独自吟咏，比如拉金的诗歌《为什么昨夜我又梦见了你？》："为什么昨夜我又梦见了你？/此刻青白的晨光梳理着鬓发，/往事击中心房，仿佛脸上掴一记耳光；/撑起手肘，我凝望着白雾/漫过窗前。//那么多我以为已经忘掉的事/带着更奇异的痛楚又回到心间/——像那些信件，循着地址而来，/收信的人却在多年前就已离开。"

诗意，也可能是一种强烈感受，一段深刻的感情，让诗人反复回味、加深，比如叶芝的《当你老了》；诗意，也可能是脑筋急转弯，或有点类似"禅"的顿悟，观念的转变，逻辑和思维方式的转换，现代诗很多就是观念诗，让人耳目一新；诗意，也可能是一个突然的想法，一种新的理念，带有理想色彩和乌托邦性质；诗意，也可能是对某种旧的僵化的习见的反拨、纠正冒犯乃至颠覆，当然背后可能是人性的挖掘和人性的深入、改变或进步；诗意，还可能是一种大的关怀，一种情怀，比如杜甫的《茅屋为秋风所破歌》；等等。

此外，由于不同的文化背景与传统，即使处理同样的题材，各地的诗人也会有所不同。比如同是写山水之"静"：中国唐代诗人王维的诗句："蝉噪林逾静，鸟鸣山更幽"，是一种中国美学的空灵悠远，在大自然中，人的寂静，心灵的寂静，显得深远。葡萄牙诗人佩索阿的诗句：在绿荫覆盖的公园的长椅上，"世界上所有的寂静都跑来跟我坐在一起"，则是一种深沉的孤独感，一种与世隔绝的深刻的孤独。瑞典诗人特朗斯特罗姆的诗句：飞机的降落时，"直升机嗡嗡的声音让大地宁静"，则很有现代感，突出机器声与人内心渴望回到安稳大地以求安心的对比。特立尼达岛的诗人沃尔科特的诗句："暮色中划船回家的渔民，意识不到他们正在穿越的寂静"，既肃穆又迷蒙，还有某种梦幻感，仿佛一幅印象派的画。美国诗人罗伯特·潘·沃伦的短诗《世事沧桑话鸣鸟》：

那只是一只鸟在晚上鸣叫，认不出是什么鸟，
当我从泉边取水回来，走过满是石头的牧场，
我站得那么静，头上的天空和水桶里的天空一样静。

多少年过去，多少地方多少脸都淡漠了，有的人已谢世，
而我站在远方，夜那么静，我终于肯定
我最怀念的，不是那些终将消逝的东西，而是鸟鸣时的那种寂静。

沃伦描述的这种寂静有一种直抵内心让人震动的力量，是人在经历沧桑后向往的境界，一种真正的内心的安宁，这样的寂静如古寺钟声一样深远而悠久的力量，长久地存储于记忆之中。

人们经常说好诗难以翻译，其实，有些诗意是可以传递的，比如这个"寂静"的感觉，人皆有之。而诗，本就需要人内心安宁时才写得出来，所以诗人对寂静总有独到而深刻的感受。

当然，世界各民族的语言之美是很难翻译，比如音律，比如氛围感。

所以有人说，能翻译的是意，难以翻译的是美。

中国古典诗歌之美有自己独到的地方，那就是对"情境"的强调。

以情造境是古代最常见的手法，所谓"寓情于景"，学者朱良志说王维的诗歌短短几句，看似内容单调，但他实则是以情造出了一个"境"，比如"人闲桂花落，夜静春山空。月出惊山鸟，时鸣春涧中"，还有"飒飒秋雨中，浅浅石溜泻。跳波自相溅，白鹭惊复下"……都独自构成了一个个清静自足但内里蕴含生意的世界，是一个个完整又鲜活的"境"。在此境中，心与天地合一，生命与宇宙融为一体，故能心安。

触景生情，借景抒情，更是非常普遍的诗歌技巧。境，可以理解为古代常说的"景"，也可理解为现代诗学中的"现场感"，具体场景，镜像。陶渊明的"采菊东篱下，悠然见南山"，沉湎于安闲适意之境中，心中惬意溢于言表，而其"平畴交远风，良苗亦怀新"，目睹万物之欣欣向荣，内心亦欣喜复欣然；杜甫的《春望》："国破山河在，城春草木深，感时花溅泪，恨别鸟惊心。"情耶景耶，难以细分，情景皆哀，浓郁而深沉蕴蓄。

王夫之说:"情境虽有在心在物之分,然情生景,景生情,哀乐之触,荣悴之迎,互藏其宅。"又曰:"情景名为二,而实不可离,神于诗者,妙合无垠。巧者则情中景,景中情。"故王国维曰"一切景语皆情语"、"一切景语皆情语"。

境,乃心物相击的产物,凝神观照所得。其实质就是人与物一体化。情境,有情才有境。在情的观照整合统摄下,主客融合,物我合一,造就一个情感的小世界,精神的小宇宙,形成对世界和宇宙的认识理解。

情因有境得以保存长久,境因有情而被记忆,具有了生命,有了回味。

古人认为万物都是有情的,世界是一个有情世界,天地是一个有情天地。王夫之在《诗广传》中称:"君子之心,有与天地同情者,有与禽鱼鸟木同情者,有与女子小人同情者……悉得其情,而皆有以裁用之,大以体天地之化,微以备禽鱼草木之几。"

古人推己及人,由己及物,把山水、自然、万物当成朋友兄弟。王维诗云:"流水如有意,暮禽相与还。";李白感叹:"相看两不厌,唯有敬亭山。";李清照称:"水光山色与人亲。"

在中国古典文学和诗歌中,"情之一字,所以维持世界",宇宙是"有情天地,生生不已"。天地、人间、万物都是有情的,所谓"万象为宾客""侣鱼虾而友麋鹿""好鸟枝头亦朋友",等等。情,是人们克服虚无、抵抗死亡的利器。世界,是一个集体存在、相互联系、同情共感的命运共同体。

张淑香称之为一种彻底的"唯情主义",这种"唯情主义"认为世界万物都有着"一条感觉与感情的系带",并且由古而今,"个体之湮没,虽死犹存,人类代代相交相感,亦自成一永恒持续之生命,足与自然时间的永恒无尽相对峙与相呼应",从而超越死亡的恐惧,肯定生命本身的绝对价值。

情境,就是情感的镜像或者说储存器,个人化的,瞬间偶然的,情感在此停留,沉淀,进而上升为美。情境是一个情感的小单元、小天地。细节、偶然、场景,因保存了情感才有意义,并建立意义。

这样的一种诗意,仍然应该是现代诗创造的一个源头。

诗歌维新：新时代之新

樱花树下的诗意

2013年春天一过，突然流行起追忆青春的潮流，《致我们终将逝去的青春》《中国合伙人》等都是这个潮流的一个部分。而且有意思的是，里面都会有一个校园诗人的角色。对于这个潮流，我们其实早有敏感，而且要早上一年多。当然，首先要说明的这个我们，是指我、陈作涛、邱华栋。我们三个都是武大校友——众所周知，武大位于珞珈山上东湖之滨，以湖光山色之美著称，被誉为"中国最美丽的大学"。

还是去年的春天，因为海南的武汉大学

校友们私下讨论海南校友会的换届，建议我出任校友会会长。我踌躇满志，表示要先取取经。于是趁到北京出差，拜访了武汉大学北京校友会副秘书长陈作涛。作涛我没见过，但久仰其名，武大校报张海东老师编了一本《武汉大学校园诗人作品选》，让我写序，资金就是作涛赞助的。那本诗选在武大卖得不错，师弟师妹们收为校园宝典仔细研读。就这样，我和作涛有了一种默契的联系。后来我从侧面了解到，作涛毕业后一直经商，在京城拼搏多年，颇有成就。他一听说我到了北京，二话未说，约我和邱华栋相聚。华栋在新疆读高中时就是著名的校园诗人，这匹来自西域的小马驹先是到了山清水秀的楚地，接着又冲到北京大都市驰骋，如今已是国内著名作家、《人民文学》杂志副主编。在武大读书时，我和华栋借助浪淘石文学社、珞珈诗社等师兄们留下的金字招牌，举办过不少诗歌活动，包括著名的樱花诗赛。华栋在武大时就是典型的校园诗人派头，经常披着一条大白围巾，行走在樱花树下，迷倒不少气质女生和无知少女。那时，武大的校园诗歌在武汉众多高校中属于领袖地位，在 20 世纪 80 年代末的武汉掀起一个又一个诗歌高潮。老友一见，格外亲切，我们三个人推杯换盏，谈兴高涨，一浪高过一浪。酒过

诗歌维新：新时代之新

几巡，酒意浓厚，情意诗意更浓厚。作涛说公司准备上市，很怀念校园生活，想念珞珈山美丽风景，到时想回报一下学校，为学校做点事。我也喝得醉醺醺的了，借着酒意，就建议他支持一下樱花诗赛。诗歌，永远是青春的象征，是校园文化的核心。大学没有诗歌，就像说一个人生性无趣，就像说有花无香。我说我当过北大未名湖诗歌奖评委、复旦光华诗歌奖评委，觉得奖金太低了，最高奖才一千元，对不起那么优秀的诗作和优秀的校园诗人们，对不起那些非凡的想象力和神奇的创造力。我觉得头奖起码得上万元吧，就算是一笔诗歌奖学金吧。华栋也连连点头，说这点子好。作涛毫不犹豫，表示就这么定了，而且表示要支持就支持十年。十年之后，还可以继续支持。他在学校时还操办过两届樱花诗赛呢，但前提是我和华栋得牵头挂帅。我们自然答应，为诗歌、为武大，两者都是义不容辞的。三个人立即干杯庆贺大事落定。就这样，半年过去，作涛公司顺利上市，我顺利当选武大海南校友会会长，我立即着手做方案和武大校方联系。作涛中间斡旋。又是半年过去，事情完全敲定，作涛回武大签约，一次性就把十年的赞助款给学校了。我那段时间正好也在北京，邀请武大文学院的樊星、荣光启、萧映和我、华栋一起担任终评委，接着召集举行新闻发布会，国内奖金最高的大学生诗歌大赛就这样开始了，对外发布了。

直到大赛宣布之时，我们才确切知道樱花诗赛正好是第三十届，武大也正筹备在2013年年底举办建校一百二十周年大庆，三喜降临，都是大喜日子，说起来真是"俄滴神"啊，天意啊。

第三十届樱花诗赛最终收到100多所高校的1300多首参赛诗作，北京大学、清华大学、复旦大学、中国人民大学、中山大学、四川大学、天津大学、同济大学、山东大学等高校的才子们悉数参与，一时引起轰动。然后是组织评奖，确定获奖名单。

随后，我和作涛回武大参加颁奖典礼。又回到熟悉的校园，见到熟悉的师长，又站在珞珈山上，走在梧桐树枝繁叶茂的林荫小道上，又走过樱花刚刚璀璨盛开过的树下，感觉重回学生时代，又像一个校园诗人了，有了诗人的感觉和诗的激情和冲动。

诗人的感觉一上来,我就来神了。尤其面对台下青春气息扑面而来的师弟师妹们,我走到台上发表颁奖典礼致辞,一开口就说:"在珞珈山这么美丽的地方,每一个人都应该成为诗人,"我大喊一声:"同学们,是不是啊?""是!"台下兴高采烈,山呼海应,我对这个效果很满意。其实,青春就是诗,青春就是要去追求。有人担心现在年青一代暮气沉沉,我不这么看,每一代人有每一代人的青春,我相信他们会有自己的追求,会为自己的理想而奔跑向前。

武大天然与诗有缘,这里的山清水秀本身就是充满诗意之地。八十多年前,也就是20世纪20年代,一位诗人将这座山命名为"珞珈山",这个诗人就是武汉大学文学院首任院长闻一多先生,我现在每年都要把他的《唐诗杂论》找出来重读一遍,那是经典中的经典。从此,也就注定了武大与诗歌的漫长亲密关系。三十多年前，也就是70年代末，武汉大学、北京大学、复旦大学、中山大学、吉林大学等全国十三所著名高校的学生联合创办《这一代》杂志，创刊号就诞生在珞珈山上，诗人王家新、高伐林就是当年武大方面的负责人，其他高校的学生有北大的黄子平、湖南师大的韩少功、中山大学的苏炜、吉林大学的徐敬亚和王小妮等，当年的活跃分子如今还是中国文坛诗坛的活跃分子。1983年，武汉大学浪淘石文学社发起"樱花诗会"，随后逐渐演绎发展为面向全国高校的"樱花诗赛"。我们都知道，出自武大的小说家林白、陈应松、喻杉、邱华栋，纪录片导演杨晓民等，当年的主要身份都是诗人；而学者程光炜、罗振亚、汪剑钊、陈卫、李润霞等，也都以诗歌研究和诗歌翻译著称。1985年前后，第三代诗人里的活跃分子李亚伟、肖开愚、马松等经常"流窜"于武大校园的幽暗角落里，与武大的校园诗人们"密谋"诗歌革命。1987年，武大七位学生创立"珞珈诗派"，包括我、黄斌、洪烛、陈勇等，和华师的张执浩、剑男、魏天无，湖北大学的沉河、张良明，中南财经大学的程道光等相互呼应，造成一时盛况……武大的历史，可以说就是一部诗歌的历史。

诗歌维新：新时代之新

    我清楚地记得第一次参加"樱花诗赛"时，是在教二楼一间教室里，灿烂如云的樱花包围的教室里，人群拥挤，水泄不通。著名诗人曾卓先生披着围巾，在一众人等簇拥下，从樱花树下飘然而至。大家自动为其让出一条通道，曾卓先生面带微笑，有些瘦弱，但其风采俊逸潇洒，自有一种迷人的气质。那一次樱花诗会规模不算大，后来樱花诗会都移至梅园前的小操场（现在大家习惯称"梅操"，我们那时每个周末自带小板凳去那里抢位子看露天电影，据说后来这里还演绎过很多公开求爱的浪漫故事）。那时，大家对诗歌都怀着虔诚之心，不因场地狭小影响情绪氛围。回想起来，那时窗内人物神采奕奕，窗外樱花绚丽闪亮，人物鲜花相互辉映，呈现一种诗意盎然的场域。我现在还记得，中途我恍恍惚惚从会场出来时，一抬头正好看见一尊校友们捐赠的鲲鹏展翅的雕像，鲲鹏似乎正欲腾飞而去，遨游高远的天空。后面，正是碧空如洗。我一时感觉如在梦中，还未从诗意氤氲之中醒来。也许就是从那时起，无形中熏陶影响我后来做了一个诗人。如今恍然已过近二十六年，此情此景，历历在目，只是当时风景人物安在哉！

    尤其有意思的是，我后来到了海南，竟然认识了也是从武汉乔迁过来的曾卓先生的女儿萌萌，还经常在一起聚会。气质高雅、英美哲学出身的萌萌在海南大学的家就是一个文化沙龙，经常高朋满座，很多内地文化人来海南都要到她这里坐坐。美丽的沙龙女主人，还有美食，有红酒，有闲聊，有讨论，经常伴有钢琴演奏，多少英雄豪杰曾在这里出入，韩少功、多多、蒋子丹、张志扬、陈家琪、鲁枢元、耿占春、叶舒宪、马原等都曾是这里的常客，李陀、刘小枫、汪晖、周国平、刘禾、陈嘉映、赵一凡、倪梁康、赵汀阳、孙周兴等均成为过沙龙的座上宾。从萌萌这里，我得以随时知道曾卓先生的状况，后来还有幸和他见过两次，他当然完全不记得当时观众席里正处于青春期的一个迷茫的大学生，我却是一直记得他的飘逸风度。如今每每想到父女两人均已不在，让人唏嘘不已。父女两人都是风度气质一流人物，也都是诗意中人，可惜天妒其才，均已离去。

诗歌维新：新时代之新

美丽的珞珈山，和山中一年又一年的春去秋来，以及如期而至的樱花诗会，在每一位莘莘学子的心中埋下了诗的种子。春天的桃花、樱花齐放，秋天的桂花和枫叶互映，冬天的梅花，夏天的绿荫茂密……珞珈山处处透露隐秘的诗意。在桂园、在梅园、在樱园、在枫园，在武大的每一个地方，每一个角落，都洋溢着诗的气息，也培养和孕育了每一位学生的诗人气质和诗性思维。所以从武大走出来的学生，总是很优雅，富有感情，想象力超群，热爱自由，充满勇气和闯劲，敢于热烈地去追求自己的人生。前面说到的樱花诗赛的赞助人陈作涛师弟就是这样一位充满激情的人，在大学期间，他曾当过校报记者，操办过两届樱花诗赛，从此与诗结缘。他虽然不写诗，但具有诗人的热情和激情，并且把这种激情投放在经商上，大获成功。在京城，作涛为人豪爽热情，是有名的孟尝君似的人物，因此被推为校友会副秘书长，积极为大家服务，南来北往的年轻校友到了北京，都要先拜拜他的"码头"。作涛有了一定经济实力后，第一个想到的就是回报母校，正因为他的支持，樱花诗赛未来十年都将成为国内奖金最高的大学生诗歌比赛，使樱花诗赛这个已创办三十年的品牌更添魅力。

颁奖典礼那天，我站在武大庄严隆重的创隆厅里，我感到就是置身于一座诗歌的殿堂。珞珈山就是诗歌的圣殿，二十七年前，我第一次来到珞珈山，就感受到了诗的巨大魅力和浓厚的诗歌氛围。珞珈山的每一片叶子，每一朵花，都是诗的绽放。那时的武大，是自由的、开放的、充满激情的，是诗意的。我们向自然、向美丽的珞珈山、向春华秋实学习诗的意境，也向时代的人文精神和巨大的传统里汲取诗的精华和气质，正是因为这个原因，我们后来都走上了诗的道路，或者过上了一种尽量接近诗意的生活，不为世俗同化，保持着当年的激情和理想。

翻阅这本樱花诗赛优秀作品集时，我也想到这些比我们小很多的校园诗人们，他们来自全国各地的高校，其中有几位获奖作者我也见到了，并有过交流。我感觉我们有很多相通的地方。写诗的人，总是眸子明亮，激情洋溢的，总是敢于闯荡江湖行走世界的。我也衷心祝福他们，在各自大学里的每一天，都好好享受诗一样的青春生活与诗歌本身带来的幸福和愉悦，为以后的人生准备好一份具有超越感的诗性意识，以创造性的激情，迎接未来的挑战。

（本文系《第三十届全国大学生樱花诗赛获奖作品集》序言）

自然对于当代诗歌的意义

一

自然在古典诗歌中居于核心地位

中国传统，自然至上。道法自然，自然是中国文明的基础，是中国之美的基础。中国之美，就是青山绿水之美，就是蓝天白云之美，就是莺歌燕舞之美，就是诗情画意之美。《文心雕龙》很早就将自然与人文的对应关系阐述得很详尽："日月叠璧，以垂丽天之象；山川焕绮，以铺理地之形：此盖道之文也。"

中国之美，是建立在自然之美的基础上的，是自然之美与人文之美的结合，其最高境界就是诗意中国。盛唐融疆域之广阔壮美与人文之自由、多样和开放包容于一体，乃诗意中国之典范形象。

自然与诗歌艺术有着漫长的亲缘关系。

自然山水是诗歌永恒的源泉，是诗人灵感的来源。道法自然，山水启蒙诗歌及艺术。"外师造化，中得心源"，几乎是中国诗歌和艺术的一个定律。

自然山水本身就是完美的艺术品，比任何艺术品更伟大。比任何一本书都更启迪艺术家。山有神而水有灵，王维称其水墨是"肇自然之性，成造化之功"；董其昌称："画家以天地为师，其次以山川为师，其次以古人为师"；诗人袁宏道说："师森罗万象，不师先辈。"以山水为师，是众多伟大的诗人艺术家们艺术实践的共同心得体会。

人们还认为山水本身是一种伟大的艺术形式和永恒的精神品格，对此，作家韩少功分析："在全人类各民族所共有的心理逻辑之下，除了不老的青山、不废的江河、不灭的太阳，还有什么东西更能构建一种与不朽精神相对应的物质形式？

还有什么美学形象更能承担一种信念的永恒品格？"所以，人们也以山水比拟人格，"仁者爱山，智者爱水"，成为人物品评的一个标准。

自然山水具有强大的精神净化作用，灵魂过滤功能。诗人谢灵运很早就说："山水含清晖，清晖能娱人"；汤传楹《与展成》文中称："胸中块垒，急须以西山爽气消之"；南朝吴均《与朱元思书》里更进一步说："鸢飞戾天者，望峰息心；经纶世务者，窥谷忘返"……看见山水，人们可以忘记一切世俗烦恼，可以化解所有焦虑紧张，所以古人称"山可镇俗，水可涤妄"，山水是精神的净化器。西方也有类似说法，美国作家华莱士·斯泰格纳认为现代人应该到自然之中去"施行精神洗礼"。

自然山水这种巨大的精神净化功能和灵魂疗治作用，导致中国古代山水诗和山水画盛行，山水诗歌成为诗歌的主流。谢灵运、陶渊明、李白、杜甫、白居易、苏东坡等都是伟大的山水诗人，写下过大量的经典杰作。山水诗可以安慰心灵，缓解世俗的压抑。

需要指出的是，在汉语语境中，自然一词具有复杂多义的含义，除了指大自然之外，也可形容一种状态，比如自然而然，任其自然；还可以是一种生活方式和精神理念……这些意思又相互关联、相互缠绕，显示出自然一词具有的张力。作为中国文化最重要的一个价值观"道法自然"，就同时蕴含了这多种意义。

二
自然的缺失导致一系列现代性问题

进入现代以后，西方文化强行侵袭，产生现代性冲击。文学由关注自然转向关注人事。

中国当代文学界最著名的一句话就是：文学是人学。在基督教背景下，这句话很好理解。基督教曾以关注人的堕落

诗歌维新：新时代之新

与救赎为借口，以来自天国的拯救为许诺，对人性强行改造和压制。文艺复兴以后，人的解放成为潮流，人性大释放，文学自然也就以对人性的表现和研究作为最主要的主题。

但很快这又走到另一个极端。上帝死了，人僭越上帝之位，自认为是世界的主人，自然的征服者，不再尊重自然和其他物种，将它们视为可任意驱使随意采用的资源和材料。自然问题从此变成一个经济问题或科技问题，而非人类所赖以依存的家园，与人类休戚相关的安居之所。自然从此陷入万劫不复之地。

人其实只能在人的意义上解决自己的问题，严守自己的本分和位格，在天地人神的循环中谦逊行事。在生态问题上，我们不仅要强调个人的自觉自律，更要强调人类集体的自觉自律。这一点，西方的智者也意识到了，比如海德格尔就呼吁回复天地人神的循环，人只是其中的一环，反对把人单独抽取出来，作为世界的中心和主角，凌驾于万物之上。可以说与中国古人智慧相呼应。

在工业化浪潮中，也许因为相对后发，美国对现代文明的负面作用反省较早。有"美国文明之父"之称的爱默生曾经强调：人类应该遵守两句格言，一是认识你自己，二是研习大自然。爱默生号召美国文学回归自然，他甚至说：欧洲大陆文化太腐朽了，需要自然之风来吹拂一下。在很多学者看来，正是自然文学的发展，使美国文学区别于重人文的欧洲文学，使新大陆区别于旧大陆。确实，美国自然文学经典比比皆是，惠特曼的《草叶集》、梭罗的《瓦尔登湖》、奥尔多·利奥波德《沙乡年鉴》等等。

奥尔多·利奥波德的"土地伦理"影响至今。他说："人们往往想当然地认为野生生物就像和风和日出日落一样，自生自灭，直到它们在我们面前慢慢地消失。现在我们面临的问题是高质量的生活是否要在自然的、野生的和自由的生物身上花费钱财。我们人类对于整个生物界来说还只是很少的一部分，那么能够真真正正看到自然界中的鹅群的机会比在电视上看更重要，有机会发现一只白头翁就像我们有权利说话一样神圣不可侵犯。"

"文学是人学"的说法在中国产生了一系

列后果。由于现代性危机和对西方的过度膜拜和邯郸学步，现代文学彻底抛弃传统，打倒传统，从此对自然视而不见。五四时期，强调所谓"国民性改造"，夸大中国人人性中的黑暗面和负面，导致民族普遍地自卑和自贬。并且一直影响到中国当代文学，充斥着所谓人性的研究。但人性却被简单地理解为"欲望"，甚至，"人性恶"被视为所谓普遍的人性，说什么"人性之恶才是推动历史发展的动力"，以致文学中勾心斗角、人欲横流、尔虞我诈、比恶比丑、唯钱唯权的"厚黑学"流行，其内容几乎可以用一句话来形容：每一页都充斥人斗人。从官场、商场到情场、职场，连古典宫廷戏、现代家庭情感剧也不放过。至此，真善美被认为是虚伪，古典文学中常见的清风明月、青山绿水也隐而不见。自然从当代文学中消失隐匿了。

这当然是社会风气出了问题，价值观认识论出了问题，人心出了问题。引领社会风尚的文学包括诗歌也负有不可推卸的责任。是到了重新认识我们的传统和借鉴西方对现代性的反思的时候了，是重新认识自然、对自然保持敬畏、确立自然的崇高地位的时候了。

三
重新恢复自然的崇高地位

古人对自然的推崇,对当代诗歌也很有启迪意义。这种推崇具体到文学中,体现为对境界等概念的强调,对地方性文学的维护。

境界是古典文学的核心概念。中国诗歌强调境界其实与尊崇自然密切相关。在诗歌中,境界唯高。何谓境界?我的理解就是指个人对自然的领悟并最终与自然相融和谐共处。唐僧圆晖所撰《俱舍论颂释疏》称:"心之所游履攀缘者,故称为境。"哲学家冯友兰认为:"中国哲学中最有价值的部分是关于人生境界的学说。"学者张世英说:"中国美学是一种超越美学,对境界的追求是其重要特点。"境界,就是关于人的精神层次,但这一精神层次的基础就是自然与世界,反映人的认识水平、心灵品位。王国维在《人间词话》里称:"有境界则自成高格。"境界里有景、有情,当然,更有人——自我。最高的境界,是"采菊东篱下，悠然见南山"，"纵浪大化中，不喜亦不惧"，是"游于艺"，是"天人合一"，是安心于自然之中。追求境界，就是寻找存在的意义，其本质是一种内在超越。学者胡晓明称："境界的要义，就是创造一个与自我生命相关的世界，在其中安心、超越、生活。"好的诗歌，就应该追求境界。古人称写诗为"日课"，诗歌是一种个人化行为，诗歌也可以被视为一种个人日常自我宗教。我则视诗歌是一种"心学"，是对自然与世界的逐步认识、领悟，并不断自我提升，自我超越。诗歌感于心动于情，从心出发，用心写作，其过程是修心，最终要达到安心，称之为"心学"名副其实。

境界的相关条件是自然，或者说，没有自然作为前提，就没有什么境界。古人早就说过："山水映道"，瑞士哲学家阿米尔也称："一片自然风景是一个心灵的境界"。学者朱良志说王维的诗歌短短几句，看似内容单调，但他实则是以情造出了一个"境"，比如"人闲桂花落，夜静春山空。月出惊山鸟，时鸣春涧中"，还有"飒飒秋雨中，浅浅石溜泻。跳波自相溅，白鹭惊复下"……都独自构成了一个个清静自足但内里蕴含生意的世界，是一个个完整又鲜活的"境"。在此境中，心与天地合一，生命与宇宙融为一体，故能心安。

而按海德格尔的哲学，境界应该就是天地人神的循环之中，人应该"倾听""领会"与"守护"的那个部分，如此，我们才能"诗意地栖居在世界中"。

当代文学包括诗歌如果关注自然，就应该继承或者说重新恢复或者说光大创新类似关于境界这样的美学观念、规范和标准。

此外，古典诗歌对地方性的强调，其实就是对自然的尊重。古人很早就有"北质而南文"的说法，强调地域对文学的影响。清末民初学者四川刘咸炘探讨各地地域文化特征称："夫民生异俗，土气成风。扬州性轻则词丽，楚人音哀则骚工，徽歙多商故文士多密察于考据，常州临水故经师亦摇荡其情衷。吾蜀介南北之间，折文质之中，抗三方而屹屹，独完气于鸿蒙。"有一定地理和历史学的依据。美国诗人施耐德在现代语境下，将地域性理解为"地域生态性"，强调保持地域生态完整性，保护地域的整体生态，颇具现代生态意识。

江南文化曾是地域文化的典型。很长一个时间段,江南之美曾是中国之美的代表。古人说:上有天堂,下有苏杭。江南是中国人最理想的居住地。自然和生活融合,理想和现实并存,诗意和人间烟火共处。江南最符合中国人向往的生活方式、观念与价值:道法自然。江南将"道法自然"变成了现实。"道法自然"是诗意的源泉,江南文化因此被称为"诗性文化",是中国文化中最具美学魅力的部分。"暮春三月,江南草长,杂花生树,群莺乱飞",江南也;"青山隐隐水迢迢,秋尽江南草未凋。二十四桥明月夜,玉人何处教吹箫",亦江南也;"有三秋桂子,十里荷花。羌管弄晴,菱歌泛夜,嬉嬉钓叟莲娃",还是江南;"江南好,风景旧曾谙。日出江花红胜火,春来江水绿如蓝",最难忘江南……江南曾是自然、生活与诗意的最佳结合之地。古代的江南诗歌,就是地方性成功的典范。当然，江南之美现在也蒙上了雾霾的阴影。

当代也有一部分作家诗人成为自然文学的先行者，比如诗歌界的昌耀、小说家韩少功及其《山南水北》、散文家刘亮程及其《一个人的村庄》，还有早逝的散文家苇岸及其《大地上的事情》，等等。但总体来说，这样的作家诗人还是太少，还未成为主流，这也正好反映了社会环境和精神领域中对自然的不够重视。

雾霾时代，诗人何为？雾霾就是诗意的敌人，是反诗意的。所以，我们这个时代尤其需要诗人们站出来，有所承担，带头重新认识自然，回归自然，对人为制造的雾霾说不，对雾霾的制造者说不，与雾霾争夺人类生存和幸福的空间。

诗 歌 维 新： 新 时 代 之 新

在自然的庙堂里

在一首诗里，我这样说过："自然乃庙堂，山水是我的导师。"确实，我对于美、对于诗的最早感觉，都来自自然山水的启蒙。

小时候我在农村长大，一个城里的孩子，由于父母担心城市的混乱遭遇意外，就将我送到了乡下，由奶奶带。在湘中的青山绿水间，我过上了真正的无拘无束的童年生活，奶奶行动不便，完全管不住我，就放任我在自然的怀抱里摸爬滚打。于是，我越发无法无天，肆无忌惮。有时候，我会跋山涉水，去看一个传说中的湖，赶到时被夕阳西下、云飘湖面的瑰丽景象惊呆,返回时一路沉浸在少年的初次忧伤中;有时候,我会和同伴在山上追逐,不慎踩空,然后一直往山下滚,最后为树枝拦住,留下一小命……就这样,我成了一个不折不扣的乡村野孩子。刚回到城市时,很长时间不能适应,以致由一个开朗活泼的孩子变得孤言寡语,内向自闭,沉默而孤独,并开始喜欢上了文字,并从中感到安慰。或许,那时候我开始隐秘地领悟到了诗。

后来又有大的震撼。我从中学时代开始写诗,延续到90年代中期,一度投身商海大潮,中止写诗。但有一天,又突然恢复了。我清楚地记得我十年后的第一首诗的创作过程。

2006年底,有一天,我去黄山开会,住在新安江边的一个旅馆里。深夜出来散步,正好细雨蒙蒙,我看着烟雨迷蒙下的新安江,显得格外宽阔,河水浩淼,一条大河似乎是从天那边漫延过来,我突然心里一动,看着蒙蒙细雨,就想:要是几百年前,这里该是一个村庄,河流流到这里,村庄该有一个码头,古时叫渡口。于是想到一句"一个村庄,是一条大河最小的一个口岸",然后我的脑子好像一下打开了,豁然开朗。我就这样想着,就这样写出了一首诗,后来《诗选刊》和一些年度选本都选了这首诗,叫《河流与村庄》。

诗歌维新：新时代之新

随后，我一发不可收拾，写了很多。我现在有时和朋友开玩笑说："这是天意，黄山是一座伟大的诗山，历史上有过无数关于黄山的诗歌，新安江是一条伟大的诗河，李白等曾经在这里流连忘返，所以，我的诗歌乃是神赐，冥冥中，乃是伟大的自然和诗歌传统给了我灵感，是自然的回音，传统的余响，是我内心的感悟与致敬使我重新写作。"

这些年，由于酷爱山水，去了不少名山大川，由这自然的教堂的启蒙，我写出了《抒怀》《南山吟》《神降临的小站》《夜晚，一个人的海湾》《山中》《在海上》等一系列诗作，以至被一些人称为"自然诗人"。

在我看来，自然，可以说是中国古典诗歌里的最高价值。老子说"人法地，地法天，天法道，道法自然"，在这里，"自然"是比"道"更高的价值。三国王弼称："天地任自然，无为无造，万物自相治理……"古代中国遵循着"道法自然"的传统，山水诗因此成为最主要的诗歌品种，人与自然处于一种和谐的亲密的相互参照与关系中。杜甫看见"星垂平野阔，月涌大江流"，陶渊明"采菊东篱下，悠然见南山"，王维体味着"明月松间照，清泉石上流"，苏东坡则"侣鱼虾而友麋鹿"，诗人们在自然中流连，向自然学习，与自然为友，在自然中获得安慰温暖。所以说，自然是中国人的神圣殿堂。

还由于自然是最高价值，所以，中国人对尘世生活因此看淡了。确实，与伟大的永恒的自然相比，人的那点小恩小怨、蝇头微利都是可以看开的，"人有悲欢离合，月有阴晴圆缺"，人们以自然为借鉴，因此取得了心理平衡，自然皆如此，何况人间。所以，诗歌也就给中国人提供了超越性的精神解释和价值系统。人们只要一吟诵起诗歌，就可以忘却忧伤烦恼。所以，孔子说："《诗》可以兴，可以观，可以群，可以怨……"诗歌具有多样的心理疗养功能，诗歌释放不良情绪与反应，诗歌提供精神依靠与寄托。诗歌就是中国人的宗教。

中国诗歌与西方诗歌在根本上就有分野。在西方，西方诗学尤其是现代主义强调"对抗""个体"观念，此一观点对中国诗歌界影响甚大，尤其是朦胧诗，几乎都是这一思路，最终，一些诗人成为斗士，另一些则走向崩溃，这与他们西方师傅们比如萨特、梵高之类的结局是一样的。近几年更出现诗人自杀潮，后果堪忧。而中国传统诗学观念，在我看来，更多的是强调"超越""和谐"，中国古代就有"诗教"传统。重实用讲世俗的儒家文明怎样获得生存的超越性意义，其实就是通过诗歌。中国古代依靠诗歌建立意义？因为在没有宗教信仰的儒家文明中，唯有诗歌提供超越性的意义解释与渠道。

诗歌教导了中国人如何看待生死、世界、时间、爱与美、他人与永恒这样一些宏大叙事，诗歌使中国人生出种种高远奇妙的情怀，缓解了他们日常生活的紧张与焦虑，诗歌使他们得以寻找到现实与梦想之间的平衡，并最终到达自我调节内心和谐。所以，几乎每一个中国古代文化人都写诗，每一个古代中国人都读诗。把诗歌学习作为人生成长的基本课程，孔子更要求小孩子就要学诗。诗歌抚慰了所有中国人的心灵。诗歌在中国，既是教育，教养，又是宗教。因此，可以说：西方有《圣经》，中国有《诗经》。

西方"对抗""个体"的观念，是产生于西方特定的历史与社会背景的，西方有一个外在于人高于人之上的宗教、上帝，诗人是直接听从上帝的，是站在上帝的立场与角度的，诗人就是人间的上帝，所以他要随时随地批判、纠正不完美的现实与人，诗人与社会的关系永远是紧张的，这样就产生了"对抗""个体"，这是西方诗歌永恒的主题——上帝与魔鬼之争，天堂与世俗社会之争，精神与物欲之争。所以西方的诗人们总是处于焦虑、孤独、不安、绝望、虚无与抗争之中，总是激烈的、暴力的。但其实就社会和生活的真实情况而言，"对抗""个体"从来就不是人类社会或个人生活的全部，甚至不是常态。

中国传统诗学对"超越""和谐"的追求，则是基于中国文化的基本理念"阴阳互补"，阴与阳是有差别的，但不是对立的，是相互补充并最终构成和谐圆满的。所以，中国诗人们向来相对是心平气和的，如苏东坡般，即使经常身处逆境，也总是微笑着悲悯地对待一切，对待身边的事物和人，将一切融化在诗歌中，在诗歌中化解一切。所以中国文化人一

诗歌维新：新时代之新

说到苏东坡，总是会会心一笑，苏东坡这个名字就缓解了很多人的精神紧张，他的诗歌更是治疗了很多人的心理疾病。也正因为人生不完美、不圆满，所以需要诗歌提供升华超越的价值精神。

因此，中西诗歌颇多不同之处，西方诗人尤其是西方现代诗人讲个性，中国诗人则讲境界。前者是保持差异对抗、强调"个体"的产物，因自从上帝死后，人成了孤独的个人，而要在荒漠般的尘世获得立足之地，就要有"超人"般的强力意志，就要与他人、世界决裂，所以，"他人就是地狱"，人皆崇拜"强者"。而中国诗人没有这么激烈，没这么愤世嫉俗，中国诗人遵循大道，"纵浪大化中，不喜亦不惧。应尽便须尽，无复独多虑"（陶渊明），这种超然的态度，可以说就是中国人的世界观，是"道法自然"的必然心得。

投身大道，从而获得自由，先从个人修身养性做起，从一点一滴开始。所以，达到大境界，获得人格力量，是自我修身养性、内在超越的结果，是不断自我升华的产物。诗歌就是最好的内功修养之路，可从中通向大道。因此，诗歌是具有宗教意义的结晶体，是一点一点修炼、淬取的精髓。

对于我来说：自然是庙堂，大地是道场，山水是导师，而诗歌就是宗教。

当代诗歌的"青春回眸"时刻

仅仅百年的新诗,很长时间被认为只是一种"青春写作",多少暴得大名的诗人,终身靠的是年轻时的成名作。成名作即代表作,一度成为一种诗歌现象。于是,有人说:诗歌只属于青春。

并且,他们还振振有词,郭沫若之《女神》、徐志摩之《再别康桥》、艾青之《大堰河——我的保姆》、卞之琳之《断章》、海子之《面朝大海,春暖花开》、张枣之《镜中》等等,都是青春的激情产物,此后,就再难超越自己的高峰。

诗歌真的只属于青春吗？对此，我不能苟同，杜甫的"暮年诗赋动江关"如何理解？赵翼的"赋到沧桑句便工"呢？大诗人歌德愈老愈炉火纯青，还有里尔克说的"经验写作"还有所谓的"晚期风格"，等等。

确实，青春本身就是诗。海子更是将很多人对于诗的印象定格于"青春时刻"。这些，确实是天才的火焰和光芒。

但伟大的诗人，一定是集大成者，无论青年、中年或老年，都会杰作频出，高峰迭起。还是说杜甫吧，青春时代的"会当凌绝顶，一览众山小"，中年的"国破山河在，城春草木深"，再到后来的"窗含西岭千秋雪，门泊东吴万里船"，晚年的"飘飘何所似，天地一沙鸥"、"无边落木萧萧下，不尽长江滚滚来"，哪一首不是一挥而就，震古烁今！

但为什么中国新诗一直停留在其青春期？我想过这一问题，原因极其复杂，既有历史的，也有现实的和诗人自身的。

其一，这与中国现代性的曲折有关。百年中国多灾多难，时运多蹇，频繁的战乱、洪水、地震，社会的急剧变迁，诗歌的艰难积累建设不断被破坏中断，过了一段时间又得重来。

其二，诗人们自己的原因，诗人总是想充当时代的号角，但时代在不断转变之中，为适应时代，诗人急起直追，但也无法跟上步伐，诗人无法安心下来专心诗意的雕琢，荒废了手艺。其三，中国现代性尚在进行之中，指望仅仅百年的中国新诗走向成熟，独自创立巅峰，可谓痴心妄想。想想古典诗歌吧，从屈原到李白、杜甫，可是有着千年深厚沉淀千年变革创新的。

所以，百年新诗仍在行进之途中。但希望亦在这里，正因为尚未完成，就有自由，有空间，有潜力，就人人皆有可能成为当代李白、杜甫。自由诗，这新诗的另一名称，恰恰道出了其本质。自由地创作与创造吧，未来一定是你的！

诗歌就是自由的象征啊，未来、前景、希望，都在这自由之中！

"青春回眸"诗会创立于2010年，是《诗刊》"青春诗会"的升级，是《诗刊》打造的又一个诗歌黄金品牌。青春诗会，在中国诗坛已占据太多的神话、传说，被誉为诗坛的"黄埔军校"，被誉为进入诗坛的"入场券"。但其实，青春诗会应该只是青年诗人在诗坛的第一次亮相，应该说还只是一个开始，一个不错的起点，但后面的路还很长，还远不是结束，更不是顶峰。所以，"青春回眸"诗会的入选标准是：年过五十仍持续地保持着活力和创造力的诗人。这，才是成熟诗人的标志和象征。这，也才是中国新诗逐步走向成熟的漫漫长途之中艰难跋涉着的一支支劲旅。

百年新诗，也恰好走到了"青春回眸"的时刻，在经历向外学习消化西方现代诗歌、向内寻找吸收自己古典诗歌传统精华之后，又经历了向下的接地气的夯实基础的草根化阶段，如今，是到了融会贯通向上超越的时刻！寻找中国新诗自身独特的发展道路和精神面貌，是中国新诗自由、自发、自觉的自然之路，是创造性转化、创新性发展的必然之路。而这一切，都将在"青春一回眸"之中展现！包括中国气质中国气派、中国气象，等等。

所以，"青春回眸"历届诗会的诗歌选本，必然有更繁华的风景，等待你去尽情欣赏，那是当代诗歌最壮丽、最宏伟的风景！

（本文为《青春回眸十年诗选》序言）

《致青春——青春诗会四十年》序言

年轻的时候，迷恋这么一个说法：诗人，就是过着一种诗意生活方式的人，转化为文字，就是诗。按这个定义，凡是比较理想主义的、浪漫的、有情趣的人，都是诗人。这其实也符合中国古代对诗人的一种理解：人诗合一，人诗一体。诗人生活方式在前，诗在后。虽然现在看起来，这个更像现代行为艺术的思维方式，不重文本重行为。但如果仔细考察中国新诗史，这个定义不无道理，比起文本，更多的诗人是以其个性、独特性彪炳史册的。郭沫若的狂飙突进，徐志摩的深情悱恻，冰心的爱与纯真，乃至胡风的激情冲动，他们的人生，比起诗歌文本本身更有吸引力，更像一个传奇。人，始终是诗歌的主题和中心，人活得精彩，诗歌也会因此增添光彩。

这也就能理解，为什么在当代中国，青春诗会这样明显注重新锐、激情和创新期待的活动，越来越被神化夸大，以至似乎没有参加过青春诗会就难以言诗，或者内心有一种欠缺感，总觉得不完美，那是因为，青春本身就是诗意的，就是美的，就是诗的。青春为诗歌加持，诗歌因青春焕发异彩，散发魅力。

青春诗会四十年，当然留下了不少诗人、文本，还留下了众多传说、故事和小道消息乃至八卦，青春诗会本身成为一个事件乃至诗歌场域，每年青春诗会的举办，都具有一种神秘性和狂欢性，引发窃窃私语、猜测议论、想象和神往，参加青春诗会的每年只有十五个青年诗人和五六位指导老师，但参与青春诗会的人成千上万，他们以私密信息、暗暗兴奋、欣赏赞叹或者交头接耳、愤愤不平乃至谣言攻讦参与青春诗会，青春诗会本身仿佛一个大型行为艺术，引发广泛关注和场外围观，引发舆论喧哗和诗歌史探秘。

四十年来，青春诗会仿佛第一缕春风，已生长出诗歌的锦绣花园，青春诗会仿佛第一缕晨曦，已铺就为诗歌的满天彩霞。青春诗会如此持续不断地引发话题，当然是因为四十年来，青春永远绽放，诗歌永远年轻，探索永不停步，创新得到了肯定和鼓励，甚至被膜拜，当然，这一点有时候也需要警惕，就像有人戏称的：中国当代诗歌创新的焦虑一度像被疯狗一样追得气喘吁吁，如此下去会被累垮、累倒乃至累死，所谓"过犹不及"也。诚哉斯言！但也不容否认，百年新诗的活力和创造力也因此得以持续，诗歌之源泉汩汩流淌，绵绵不绝。

关于青春诗会本身，已有大量文字、图像，也有不少诗歌传奇或流言蜚语，不用我们说太多。作为当事者，我相信无论当初还是现在，我们的初衷都很简单，那就是认真踏实地关注诗歌新生力量、推动当代诗歌良性发展。我们置身于时代诗歌进程之中，当然各有怀抱，但对于我们这些负有责任也具有使命感的人来说，更多的是一种理想主义的冲动，与复兴中国诗歌辉煌的雄心。因此，青春诗会就是我们的梦想、方向和未来。

感谢所有为这本书做过贡献的人们，首先是《诗刊》历任主编和编辑们以及历届指导老师们，你们四十年来的努力现在结集出版了，一定会载入史册。这本书出版的直接推动者王晓笛兄，他的父亲王燕生先生在《诗刊》工作期间，极力推动"青春诗会"的工作，赢得了众多青年诗人的敬仰。现在王晓笛兄继承父亲事业，促成这本诗集的编辑出版，值得致以特别的致敬。同时感谢四十年来支持过"青春诗会"举办的各个地方政府，因为你们，"青春诗会"至今在中国大地上流传、持续和放耀光芒，如星星之火，已经燎原！

在世界之中

我清楚地记得第一次看到《诗刊》创刊号时的惊讶，一是其阵容之强大，毛泽东主席十八首诗首发《诗刊》是轰动性的诗歌事件，这已载入各种诗歌史；二是艾青、冯至、徐迟、闻捷、萧三等人的诗作，重读仿佛回到当时的历史现场；但最令我惊讶的是，《诗刊》创刊号刊登了当时还没有获得诺贝尔文学奖但已有广泛国际声誉的聂鲁达的两首诗歌《国际纵队来到马德里》《在我的祖国是春天》，翻译者分别是袁水拍和戈宝权。另外，仿佛是与诗歌格局配套，评论既发了张光年的《论郭沫若早期的诗》，也发了吴伯箫的《记海涅学术会议》，国内国际一视同仁。这些，都可见《诗刊》一创刊就显示了开放性和国际视野。

因为好奇，我随即查阅了接下来的《诗刊》，希克梅特、阿拉贡等人的诗作也赫然在册，由罗大冈等人翻译，当时，这些诗人都正处于诗歌创作的黄金期。《诗刊》复刊后，继续刊登在世的世界各地的诗人诗作，1979年9月号刊登了荒芜翻译的盖瑞·司纳德的诗作，盖瑞·司纳德现在一般翻译为加里·斯耐德，是美国自然诗歌的代表诗人，当时翻译的诗作选自其刚出版的诗集《海龟岛》，并且前面还附了一个简短的"译者前记"，介绍了司纳德的生活经历和生态思想。可以说，《诗刊》一直和世界诗歌保持着同步。

新诗与翻译的关系之密切，众所周知。确实，新诗从一开始就受到来自翻译的影响，甚至可以极端地说没有翻译就没有新诗。新诗革命一开始就只是观念革命，理论先行，并没有具体实践，所以胡适才尝试性写作《白话诗八首》，刊于《新青年》1917年第2卷第6号上，没想到引起轰动，一鸣惊人，但其文本之粗糙，也饱受批评。不过，新诗革命还是拉开了序幕。胡适白话诗创作的真正成功之作，是1919年他用白话翻译的美国流行女诗人蒂斯代尔的诗作《关不住了》，刊登于《新青年》1919年第6卷第3号，被众诗友高度赞赏，效果之好，以至胡适自己一直把这首翻译诗称为中国新诗的"新纪元"，觉得自己的新诗理论和创作实践都有了范本和方向。

朦胧诗也是从翻译诗开始的。当时有一种灰皮书，是指20世纪六七十年代只有"高干""高知"可以阅读的、所谓"供内部参考批判"的西方图书，其中的西方现代派小说和诗歌，对早期的朦胧诗人们影响很大，他们通过阅读这些作品，受到启蒙和启迪，开始诗歌创作。"灰皮书"在文艺青年中秘密传阅，激发了许多热血沸腾者的诗歌梦想，从模仿开始，一轮现代诗的创作热潮掀起，激发了众多年轻人的创造力，朦胧诗人因此脱颖而出，引起关注。翻译家一度成为那个时代的文学英雄，马原、王小波等人甚至认为是他们创造了另外一种文学史。

诗歌维新：新时代之新

进入 21 世纪以后，翻译对中国文学和诗歌创作的作用和影响力有所减弱，中国当代文学本身成为世界文学中最有活力和创造力的部分。在此之前，中国诗歌一直说要走向世界，其实，我们就在这世界之中。关键在于我们如何看待世界与我们自己。

2014 年，我到《诗刊》工作后，负责编务，慢慢发现一些问题，比如《国际诗坛》栏目，喜欢刊登经典诗歌译作，原因是认为经典诗歌更少争议。但我对此不以为然，我认为，经典诗歌翻译的版本很多，无须《诗刊》再增加一个新的版本，而且也不见得比老版本翻译更好。另外，《诗刊》作为一本以发表新创作作品为主的刊物，翻译也应该与时俱进，关注世界各地那些当下正活跃着的诗人，他们才是最具活力和潜力的。另外，还有一个我没有公开说的私心，我认为《诗刊》要想取得国际声誉，就应该发表当下国际最具创造性的诗人作品，通过这些诗人诗作，将《诗刊》影响力辐射到世界各地。而且，随着其中一些诗人诗作经典地位的逐步奠定，《诗刊》也就能获得其国际性诗歌大刊的历史地位。

于是，我开始和栏目负责人、诗人也是翻译家赵四探讨，她立即明白了我的意思，表示同意，并着手和国内最著名的各语种诗歌翻译家联系，英语、法语、俄语、西班牙语、日语、韩语、意大利语、葡萄牙语等，我们搜索了一遍，让他们联系推荐各语种当下最优秀的诗人诗作。2017年，我们就实现了愿望，智利诗人尼卡诺尔·帕拉、加拿大诗人洛尔娜·克罗齐、瑞士诗人菲力浦·雅各泰、美国诗人比利科·林斯等各国代表性诗人的最新诗作，迅速出现在《诗刊》上。

随后，我力主在《诗刊》年度奖中设置一个"国际诗坛诗人奖"，要求获奖诗人必须来中国领奖，本来我们最中意的2017年度获奖诗人是尼卡诺尔·帕拉，著名的"反诗歌"理论倡导者，智利大学教授，多次被提名诺贝尔文学奖，但他因年事已高，那一年突然去世了。所以，《诗刊》首个"国际诗坛诗人奖"就奖给了加拿大女诗人洛尔娜·克罗齐，她被誉为当代加拿大诗歌的标志性人物之一，获得过加拿大最负盛名的总督文

诗歌维新：新时代之新

学奖，迄今已出版十七种诗集，中国也翻译出版过她的诗集。她的诗歌涉及家庭关系、女性身份与野性自然，《加拿大书评》曾称她为"英语世界最具原创性的现役诗人"。2018年度"国际诗坛诗人奖"则奖给了西班牙的胡安·卡洛斯·梅斯特雷，在西班牙本土和拉美世界拥有相当的影响力、号召力，多次到过中国。颁奖时，西班牙驻华教育官郝邵文专程陪同梅斯特雷与会并致辞感谢。就这样，《诗刊》的《国际诗坛》栏目真正引起了国际关注，参与到了世界诗歌的共同建设与创造之中。

2018年8月，《诗刊》抓住网络全球化进程，推动当代新诗参与世界诗歌的共同发展。《诗刊》所属中国诗歌网与美国华盛顿同道出版社 Pathsharers Books 出版有季刊 *21st Century Chinese Poetry* 签订协议，合作开展汉诗英译活动。中国诗歌网设置专门栏目《汉诗英译》，由美国同道出版社组织翻译，将《诗刊》与中国诗歌网的最新优秀诗歌及时翻译成英文,每天推出一首。在中国诗歌网推出后,同步发表于美国诗歌网站 21st Century Chinese Poetry(www.modernchinesepoetry.com)。至目前为止,已有六百多首诗歌被翻译成英文,通过网络,中国当代新诗真正做到了与世界同步。在关于这次合作的声明中,有这样一句话:"一百年来,汉语新诗的发展与外国诗歌及其翻译的影响密不可分,但双方的互动也始终存在不对等的问题。随着中国当代文学的崛起,当代汉语诗歌期待在更广阔的语境中发声,同世界文学达成愈加丰富的交流与对话。"交流与对话,才是诗歌共同建设、共同创造、共同发展之路。

中国当代诗歌,其实始终在世界之中,是世界诗歌中最活跃的部分,也是最有可能带来新的惊喜与新的创造性的部分。我们需要做的,就是保持这种激情、同步感与持续性,在相互交流、相互对话、相互激发、相互融合之中,创造当代新诗的辉煌时刻,推动世界诗歌掀起新的激流与浪潮。

我们编选出版这一本《新译外国诗人 20 家》,也是这一努力的组成部分,所选诗人诗歌均来自《诗刊》的《国际诗坛》栏目,希望得到广大诗人和读者的喜欢。

(本文为《新译外国诗人 20 家》序言)

诗歌维新：新时代之新

中华诗词的当代性

冯友兰先生有一段著名的论述，就是他在《西南联大纪念碑文》中所说："我国家以世界之古国，居东亚之天府，本应绍汉唐之遗烈，作并世之先进，将来建国完成，必于世界历史居独特之地位。盖并世列强，虽新而不古；希腊罗马，有古而无今。惟我国家，亘古亘今，亦新亦旧，斯所谓'周虽旧邦，其命维新'者也！"

创新，一直是中国文化的使命。百年新诗，创新是使命，没有创新，就没有新诗。胡适当年倡导新诗革命，就是认为旧体格律诗僵化、陈旧，他在《文学改良刍议》中认为：今之学者，胸中记得几个文学的套语，便称诗人。其所为诗文处处是陈言滥调，"蹉跎""身世""寥落""飘零""虫沙""寒窗""斜阳""芳草""春闺""愁魂""归梦""鹃啼""孤影""雁字""玉楼""锦字""残更"……累累不绝，最可憎厌。其流弊所至，遂令国中生出许多似是而非，貌似而实非之诗文。……吾所谓务去滥调套语者，别无他法，唯在人人以其耳目所亲见、亲闻、所亲身阅历之事物，一一自己铸词以形容描写之。

胡适强调的其实就是个人之独特感受，亲见、亲闻、所亲身阅历之事物。这样，也就符合新诗革命新文学革命之理想，追求新思想新内容和新语言。但新诗革命有一个大谬误，就是只看到格律诗过度守旧的问题，没看到中华诗词里，其实包含着中华民族的文化基因，审美基因，导致有些新诗走向了简单化、粗鄙化和低俗化。这也是当代诗歌所需要纠正和弥补的。

而中华诗词面临的问题，则是胡适也已经指出的一些问题，那就是时代性和创新性

诗歌维新：新时代之新

不够的问题，以致远离大众，远离时代。所以，我们今天讨论中华诗词的当代性，显得重要而急迫。

文学是个体的创作，但又是时代和社会的反映。所以，中华诗词的当代性，其实就是抒发个人当下情感，描述百姓日常生活，呈现个体主体在新的时代的微妙感受和细腻心理，提升审美体验、社会经验和时代精神的诗意表现；就是响应习近平总书记"记录新时代、书写新时代、讴歌新时代"[①]的号召，以人民为中心，坚定文化自信，吟咏心声，情赋山河，观照天地，创造新时代的诗词美典。

中华诗词的当代性，已经有不少当代诗词家在努力探索和尝试，已经取得了相当成效。我试着从几个方面简单分析讨论。

① 习近平：《决胜全面建成小康社会夺取新时代中国特色社会主义伟大胜利——在中国共产党第十九次全国代表大会上的报告》，新华网，2017年10月27日。

一
新时代意象

新的时代应该建构新的诗歌审美体系,创造美学新意象新形象。

诗歌是一种塑造形象的艺术,艺术以形象感人,只有典型形象才能深入人心永久流传。我们这个时代恰恰是一个新意象新形象不断被创造出来的时代,新的经验、新的感受与全新的视野,都和以往大不相同,以一种加速度的形式在迅速产生着。山河之美与自然之魅,日常生活之美与人文网络、社会和谐,都将给诗人带来新的灵感和冲击力,激起诗性的书写愿望;而复兴征程、模范英雄、高速高铁、智能机器、青山绿水、绿色发展、平等正义、民生保障、精准扶贫、安居乐业……都可以成为抒写对象,成为诗歌典型,都可以既有时代典范性,又具有艺术价值。

诗人王天明有一首《定风波·国产航母下水》,是写国产航母的,在诗词中,这是一个新题材,也只有新时代的

诗歌维新：新时代之新

诗人才会看到这一时代的奇迹，才会有新经验新感受，作者很好地表达了他独到的观感：

　　自古重洋勇者行，蛟龙入水引潮声。映日红旗天际远，舒卷，征途万朵浪花迎。

　　极目云横风起处，何惧？官兵铁骨已铮铮。一任惊涛如猛虎，航母，今于海上筑长城。

　　新时代的大国重器，形象地进入了诗词词汇和创作之中，对此格律诗来说，这就是一种创新，新形象新意象的创新。
　　古代有古代的意象，当代有当代的意象，同时军旅诗歌，古代可能是塞上西风骏马，当代则是另外一种情形，军旅诗人朱思丞的《巡边》写出了这种与古不同：

　　　　浩歌翻白雪，落日界碑前。
　　　　霜重棘林矮，鸟稀关所偏。
　　　　风收山现马，影过草凝烟。
　　　　枪刺挑寒月，星沉一线天。

"枪刺挑寒月",一看就是当代的巡边,就是新意象新气象。所以,即使同是巡边题材,仍然可以写出当代的新颖独特之处。

还有对当代日常生活、当代生活场景的描述,这些日常景观可能是大多数诗人平常接触耳闻目睹的,但很少入诗词,写出新意更不容易,李子栗子梨子《沁园春》很有代表性:

某市城南,某年某日,雾霾骤浓。有寻人启事,飘于幻海;欢场广告,抹遍流虹。陌路西东,行人甲乙,浮世喧嚣剧不终。黄昏下,看车流火舞,谁散谁逢?

消磨雁迹萍踪。在多少云飞雨落中。算繁花与梦,两般惆怅;远山和你,一样朦胧。岁月初心,江湖凉血,并作行囊立晚风。青春是,那一场酒绿,一局灯红。

诗歌维新：新时代之新

　　这里面现代元素比比皆是，也是我们司空见惯的城市景观，但诗人将之与青春记忆结合，很有现代感，惆怅、迷惘、青春的热血雄心与都市街景交替闪现。

　　诗歌是一种抒情的文体，古典诗歌注重的诗情感，见景生情，睹物思人，现代诗歌侧重的是情绪情况。李子栗子梨子的这首诗现代感非常强，是一种新时代的意象叠加与堆积。

　　新的时代，新的生活方式和观念价值，总是催生新的美学观念和美学形式，所以，新时代也将是一个新的美学开疆拓土的时代，可以创造出全新的美学方式与生活意义。

二
奋斗书写

奋斗，就是新时代的时代精神，新时代的主旋律。

新中国七十周年大庆，中宣部等特别评选了"最美奋斗者"，可以说是重树英雄榜样。有一段时间，恶搞英雄、嘲讽乃至贬低英雄成为时尚，这一次评选"最美奋斗者"，可以说是一次纠错。

每一个时代和民族都需要英雄。讴歌英雄是诗歌永恒的主题，无论古今中外，西方的《荷马史诗》，中国的《格萨尔》《江格尔》等等，最早的史诗都是记载和传颂英雄事迹的。唐代的边塞诗，也是英雄之诗，浪漫之诗，边塞诗是盛唐精神的象征，盛唐诗歌的高峰，艺术成就也是最高的，英雄主义和理想主义是其主轴。

新时代也正在恢复这一传统，首先是拨乱反正，重树英雄的地位，给英雄以赞美，向英雄致敬。当代诗词也出现一些优秀作品，比如黄炎清的《沁园春·塞罕坝精神赞》：

诗歌维新：新时代之新

一面红旗，三代青年，百里翠屏。正鹰翔坝上，清溪束练，云浮岭表，林海涛声。北拒沙流，西连太岳，拱卫京津百万兵。凝眸处、邈苍烟一抹，绿色长城。

曾经岁月峥嵘。况览镜衰颜白发生。忆荒原拓路，黄尘蔽日，禽迁兽遁，石走沙鸣。沧海桑田，人间奇迹，山水云霞无限情。春来也、听奔雷击鼓，布谷催耕。

塞罕坝的事迹近年广为人知，几代人治理荒漠，前赴后继，终有功效，这首记录其英雄壮举的诗歌，可谓极具概括性，把这一事业的前后历史及艰辛努力，以艺术的方式完美再现。

普通人物身上也有亮点，有英雄的行为和举动，许东良的《青玉案·环卫工人》将目光投向底层的环卫工人，发现其闪光之处，令人感动，全诗如下：

晓天犹挂星无数。已扫遍、霜尘路。专用斗车闲不住。才穿陋巷，又临豪墅，如影同朝暮。

满城攘攘多灰土。自顾清街净千户。低唱红歌头顶雾。仰瞻俯探，但愁帚短，难及高深处。

歌颂的诗歌也可以写得婉约动人，比如张紫薇写敦煌的女儿樊锦诗的《浪淘沙·樊锦诗礼赞》：

古道漫风烟，散落诗篇。窟封宝藏不知年。应是前生心暗许？一见生欢。

带路舞飞天，乐奏和弦。大同世界尽开颜。莫使珠光沉睡去，璀璨人间。

将樊锦诗对敦煌的一见倾情的热爱和长久坚持的守卫，写得异常动情，也写出了敦煌对文化的独到贡献。

三
以诗抗疫

2020年，突发的疫情考验人类，也考验了中华诗词的当代性。突发的疫情，开始让很多人措手不及，各种反应都有，但到后来逐渐控制住后，情况又有了不同。从诗歌的角度，疫情期间也可以分两个阶段：第一个阶段，更多的是个体的一种本能的反应，封闭隔离在家，普遍的恐惧和抑郁，还有因疾病引发的痛感；第二个阶段，中央和各大组织的强力介入，集体力量产生的效果开始突显，社会开始变得有秩序，人心开始安稳，信任感和信心倍增。

这两个阶段诗歌创作的主基调是不一样的。第一个阶段可以说是本能的自发的情感情绪宣泄倾泻，因为封闭隔离，害怕、紧张、无所适从，每个人都彻底回到了真正的个体，成为真正的"裸露的自我"，成为复杂多样情感情绪的反应器，借助诗歌表达，大量自发涌现的创作，一种创作的原始状态，井喷状态，通过手机、自媒体和网络发表。这个阶段的诗歌创作主要是情绪化的宣泄，赤裸的存在状态，等待之中的焦虑与挣扎，不确定感，恐慌、哀伤、指责、哭泣、愤怒、呼喊等不一而足。第二个阶段则开始有相对理性节制的反省和思考，这与国内疫情被逐渐控制有关。于是，对奔赴武汉、湖北的白衣战士的歌颂，对医护勇士的歌颂，成为一种潮流。在第二个阶段的诗歌创作中，诗人们再次体会了个体与民族、自我与国家的相互依存、相互融合关系。这两个阶段，都涌现了一些优秀诗歌。

比较而言，第二个阶段的诗作让人印象更为深刻，留下了不少令人难忘的文本。既有讴歌英雄主题的诗作，比如杨逸明写《赞钟南山院士》：

> 挺身而出识斯翁，几度陈辞报吉凶。
> 自有控防真手段，绝无敷衍假言容。
> 心牵东土求灵药，泪洒南山击警钟。

> 沧海横流危悚际，一尊罗汉立成峰。

这是一曲英雄赞歌。

也有亲身参与抗疫第一线工作的诗人的现场记录，比如公安干警参与武汉封城的描述，典型的有武汉干警楚成的《声声慢·次范诗银先生雪后上元寄武汉诗友韵书怀》：

凌寒守卡，戴月披星，城封桥锁伤情。纵使新春佳节，莫诉衷情。江流如风婉转，是悲生、更是柔情。男儿战疫，别妻离母，只有真情。

偕谁瘟神来捕，龟蛇望、愁云惨淡无情。宁为阵前兵卒，不废豪情。严防细查刻刻，待晨曦绘出深情。同心圆上，警徽添，一片情。

这些诗句，可谓一种历史事实的记录。

这些诗歌里，有些注重细节捕捉的诗歌尤其令人记忆深刻，比如王守仁《按手印》：

抗疫悬壶争挽弓，神州处处起春风。
签名请战飞千里，白纸梅花指印红。

这是一种新时代特殊形象的捕捉。白衣战士奔赴抗疫前线之前，不顾生死，请命上医护第一线。为表决心，不怕生命危险，果断按下手印，这与战争时期的请缨上战场何其相似，但这只有21世纪才会发生的情形，这也是一个时代的烙印和缩影。

中华诗词要有当代性，这就是一种当代性。

四
扶贫史诗

脱贫攻坚是具有史诗性的历史事件。

脱贫攻坚全面建成小康社会，是中国共产党第一个百年的奋斗目标，也是中国共产

诗歌维新：新时代之新

党的庄严承诺。消除贫困、改善民生、逐步实现共同富裕，是社会主义的本质要求，也是中国共产党的重要使命。坚持精准扶贫、精准脱贫，坚决打好三大攻坚战，确保2020年所有贫困地区和贫困人口一道迈入全面小康社会，是全党全国全社会长期以来共同的追求。新中国成立70年以来，中国共产党带领人民持续向贫困宣战，成功走出了一条中国特色扶贫开发道路，这是史诗般的实践。壮丽艰辛的扶贫历程呼唤着与之匹配的诗歌力作。

诗词界在这方面没有落后，有不少诗作生动形象地反映了这一历史巨变。有些扶贫工作队的诗词，比如钟起炎的《与贫困户共商产业发展》：

灯火人家月色幽，小桥流水唱无休。
帮扶走访深山路，每与春风一道谋。

也有歌颂扶贫英雄的,比如蒋昌典的《广西村官黄文秀》:

贫家儿女最知贫,欲变穷乡自屈身。
莫道光华才一瞬,火花点亮是青春。

还有写贫苦乡村变化的,比如吴江的《新村》:

春光何处好,农父崭新家。
安宅双飞燕,盈门七彩霞。
客商跻网络,蔬果售天涯。
篱上牵牛美,齐吹小喇叭。

这些诗词都很形象化,使用了新时代的意象形象,新鲜活泼,接地气,有生活气息,有感染力。

确实,这些在脱贫攻坚的伟大实践中涌现出来的健康美好的情感,是真正发自内心的,是对生活的满足和对人生意义的追求。与人民同甘共苦,为美好生活而奋斗,所以才有一个个感人故事、细微变化、日常细节,带着泥土味,充满真情实感,这些诗歌里表现出的血肉相连的情感是感染人的,这种精神是激励人的。这些情感和意义的抒写，是一个时代真实的记录，是诗词当代性的鲜明表现。

除了以上所列举，新时代的众多伟大实践和巨大变迁，比如高速高铁、快递外卖、共享经济、智能机器、航天航空、深海作业等，都得到了中华诗词的很好表现，是中华诗词当代性的具体体现。

"文章合为时而著，歌诗合为事而作。"新时代中华诗词需要创新，"周虽旧邦，其命维新"，创新是中华文化的天命，也是新时代中华诗词的使命，没有创新就没有新诗，新诗就是创新的产物，中华诗词也一直与时俱进，不断革新和前进。创新和建构，是新时代诗歌诗词的双重使命。创新和建构并不矛盾，创新要转化为建设性力量，并保持可持续性，就需要建构，建构包含着对传统的尊重和吸收，而不是彻底否定和破坏颠覆。创新，有助于建构，使之具有稳定性、持续性。而只有建构目的的创新，才不是破坏性的，是真正具有建设性的，可以满足人民的文化生活需要，增强人民追求美好生活的精神力量，成为建设文化强国的能量动力，才能为文化强国建设添砖加瓦，锦上添花，展现永久魅力，焕发时代光彩。

百年新诗中的北岛与昌耀

百年新诗成就如何，争议甚大。我个人认为，这个问题必须从如何理解中国现代性问题入手，百年新诗其实是与中国现代性问题相互关联又相互缠绕的问题。如何理解百年新诗，其实也是如何理解中国的现代性。中国现代性所有的问题，中国新诗也有。现代性问题解决不了，新诗的问题也就解决不好，但新诗本身也是现代性的探索者、先行者。

中国现代性问题发生于1840年鸦片战争之后，但真正开始探求比较全面的解决之道却是到了新文化运动,《新青年》开始全面引进西方新思想新观念,反省和检讨中国文化与文明。新文化运动万事开头难,其真正突破恰在于新诗革命。

旧体诗曾经是中国传统文化的一个基础和核心,那么,对传统采取全盘激烈否定的态度的五四新文化运动,当然要从新诗革命开始。新诗,充当了五四新文学革命和新文化运动的急先锋。胡适率先带头创作白话诗,在《文学改良刍议》中倡导文学革命,声称要用"活文学"取代"死文学"。认为只有白话诗才是自由的,可以注入新内容、新思想、新精神。

这些年,关于"五四"的争论也很多,正面的认为其代表时代进步思潮,值得肯定;负面的认为其彻底否定传统文化开了激进主义思潮,导致伦理丧失、道德崩溃、虚无主义泛滥。关于"五四",学者张旭东的观点比较公允,他指出在"五四"之前,人们常常把中国经验等同于落后的经验,而将西方经验目之为进步的象征,由此就在中国与西方之间建立了一种对立关系,陷入了"要中国就不现代,要现代就不中国"的两难境地。"五四"将"中西对立"转换为"古今对立",成功地解决了这一困境,"五四"成为"现代中国"和"古代中国"的分界点,成为中国现代性的源头,从此可以"既中国又现代"。

关于百年新诗的争论同样如此,早在 20 世纪 30 年代,新诗诞生十五年之际,新文学革命的领袖人物鲁迅就对当时新诗表示失望,认为中国现代诗歌并不成功,研究中国现代诗人,纯系浪费时间,甚至有些尖锐地说:"唯提笔不能成文者,便作了诗人。"而鲁迅在留日时期写过《摩罗诗力说》,对诗曾寄予很高的期许:"盖诗人者,撄人心者也。"新世纪初,季羡林先生在《季羡林生命沉思录》一书中,也认为新诗是一个失败,说朦胧诗是"英雄欺人,以艰深文浅陋"。甚至以写新诗而著名的流沙河,也认为新诗是一场失败的实验。当然,声称新诗已取得辉煌的也不在少数,有人甚至认为中国当代诗歌已走在同时期世界诗歌前列,是中国文化再次复兴的一个征兆。

关于百年新诗的激烈争论,何尝不正是中国现代性之复杂的显现？关于中国现代化模式的成功还是失败，关于中国现代革命的褒与贬，甚至某个领袖人物的评价，总是意见纷纭，哪一次不是争吵不休，最终谁也无法说服谁，何尝有过共识？

百年新诗中，这种复杂的现代性也体现在一些代表性人物身上，或许结合他们来做分析，会看得比较清楚。在这里，我试以北岛和昌耀作为分析对象，来探讨此一问题。

北岛被认为是朦胧诗最有代表性的诗人。朦胧诗是"文革"后期出现的一种诗歌新潮，追求个性，寻找自我，呼唤人性的回归和真善美，具有强烈的启蒙精神、批判思想和时代意识，是一种新的诗歌表达方式和美学追求。朦胧诗主要的特点：一是其启蒙精神和批判性，北岛在这方面尤其突出，他对旧有的虚假空洞意识形态表示怀疑，他质疑："以太阳的名义／黑暗公开地掠夺／沉默依然是东方的故事／人民在古老的壁画上／默默地永生／默默地死去"，他更进一步公开喊出"我不相信"："告诉你吧，世界／我—不—相—信！／纵使你脚下有一千名挑战者，／那就把我算作第一千零一名。"二是对个人的权利的伸张，北岛宣称"在一个没有英雄的年代，我只想做一个人"；"我是人／我需要爱／

我渴望在情人的眼睛里/度过每个宁静的黄昏/在摇篮的晃动中/等待着儿子第一声呼唤/在草地和落叶上/在每一道真挚的目光上/我写下生活的诗"。朦胧诗的新的美学追求,也得到了部分评论家的肯定,其中尤以谢冕、孙绍振和徐敬亚为代表,他们称之为"一种新的美学原则的崛起",为其确定追求人性人情人权的准则,从而为其提供合法性正当性证明。但批评朦胧诗的也不在少数。甚至后来被广泛接受的"朦胧诗"命名,开始本是批评性说法和意见。"朦胧诗"一词来自评论家章明的批评文章《令人气闷的"朦胧"》,认为一些青年诗人的诗写得晦涩、不顺畅,情绪灰色,让人看不懂,显得"朦胧",章明贬称:"似懂非懂,半懂不懂,甚至完全不懂,百思不得一解。"

  北岛及其所代表的朦胧诗一开始就遭遇的争议,不能简单地视为新与旧、开放与保守之争,背后所折射的,可能是中国新诗的

诗歌维新：新时代之新

现代性之难。恰如前面所说，原本是批评概念的"朦胧诗"命名后来居然成为北岛们的诗歌新潮的公认代名词，本身就说明问题，说明对朦胧诗的批评有一定的公众认可度。当然，这样的批评，可以从两个方面来分析：一是朦胧诗由于要表达一种新的时代情绪和精神，老一辈可能觉得不好理解，故产生隔膜，看不懂；二则可能因为这种探索因为是新的，这种新的时代的表达方式是此前所未有的，因而必然是不成熟的，再加上要表达新的感受经验，中国传统中缺乏同类资源，只好从翻译诗中去寻找资源，而翻译诗本身因为转化误读等，就存在不通畅的问题，在这样的情况影响下的诗歌，自然也就有不畅达的问题，故而扭曲变异，所以"朦胧"，让人一时难以理解接受。

具体到北岛的诗歌，争议也很大。比如有一种看法就认为，北岛其实与其所批评的对象是一体两面，这正是北岛的吊诡之处，虽然他声称反对此前的革命浪漫主义，但其所选择的题材乃至思维方式某些方面很接近其所反对者，只是表现形式和艺术手法借鉴了西方现代派。所以，他们这一代又被称为"喝狼奶长大的"。他们实质是郭小川、贺敬之们的现代版本加上西方现代派的形式。而且这种对西方现代派的借鉴也是二手的。被公认为朦胧诗起源的灰皮书，是指20世纪六七十年代只有"高干""高知"可以阅读的、所谓"供内部参考批判"的西方图书，其中的西方现代派小说和诗歌，对早期的朦胧诗人们产生强烈冲击，多多甚至形容为"像一颗钉子钉进了自己的脑袋里"，正是通过模仿这样的作品，他们开始了诗歌之路。

确实，关于北岛诗歌的争论从未中断。即使其诗歌历史地位已经奠定的今天，对其诗歌艺术及成就的批评仍不绝于耳。撇开成见和个人意气，有些批评还是有其道理的。宇文所安还在北岛声名如日中天的时候，就在《什么是世界诗歌？》一文中，以北岛为例分析，批评一些中国当代诗人们的"世界诗歌"幻象时，指出：诺贝尔文学奖在塑造"世界诗歌"方面，尤其在第三世界诗歌发展过程中，扮演着有趣的角色。诺贝尔奖的光环有时可以是巨大的：它标志着"国际"（也就是西方）的认同，这种认同给获奖者的国家带来荣耀，并且让原本受到很少关注的地方文学暂时成为全球注意力的中心。……按道理，"世界诗歌"应该游离于任何地区性的文学史之外，可结果是，它成为或者是英美现代主义、或者是法国现代主义的翻版……这种现象并不奇怪，它体现了文化霸权的精髓：一个在本质上是地方性（英—欧）的传统，被理所当然地当成有普遍性的传统。宇文所安还批评某些在西方受欢迎的中国诗人的热衷创作适合翻译的诗作，但缺乏"中国性"，他们的诗歌，遮去国籍，可以看作任何一个国家或民族诗人的诗作，不能真实地反映中国当代诗歌的真实情况。

确实，朦胧诗本身存在着某种受制于时代约束的难题，试图表达新的时代精神，创造新的现代语言与形式，但因受制于时代受翻译体影响，再加上表达受时代限制导致的曲折艰涩，及对所谓"世界文学"的有意识的模仿和追求，诗艺上难免存在欠缺，诗歌表达方式和技巧难免粗浅和简单化。

在朦胧诗抱团以集体面目出现时，昌耀却是独自一人，屹立在中国的西北角，在青海高原上。现在看起来这是一种预兆。历史地看，昌耀确实高过了很多人，包括了很多朦胧诗人。朦胧诗有时代意义，不容否认，但其意义也更多地限于时代，现在重新阅读朦胧诗，隔膜越来越多。但读昌耀不会，昌耀是那种越读越觉得博大深厚的诗人，他的多元文化交织的生活背景（青海是一个多民族交融共处的地域，有54个民族居住），他的独自一人孤独隔绝的存在背景（高原上的蛮荒与艰苦），还有他在湖湘文化影响下的儒家精神（担当感、进取心与建功立业的冲动），和在革命历史中产生的英雄主义和理想主义激情……昌耀远比一些只是受了一点西方现代主义和革命抒情主义影响的朦胧诗人更耐咀嚼。

昌耀显然代表着当代诗歌中的一个方向，如果需要命名，那就是大地性诗歌的方向。而且这个方向如此有吸引力，当时就吸引了一大批年轻学子，比如海子、西川、骆一禾等，他们有些到青海后专程来拜望昌耀，多么像盛唐之初年轻的李白、王维等去看望地方性诗人孟浩然啊。

当代诗歌中,朦胧诗更多地代表一种时代意识、批判意识及对西方诗歌的模仿学习,也是一种诗歌的方向。但较之昌耀代表的大地性诗歌方向,朦胧诗似乎已随时代而去。而昌耀的这种大地性诗歌的方向,显然有着更深远的意义,也具有更大的包容性和生命力,比如对自然和大地的关注,对传统的继承,对多元文化和多样性的尊重和吸收,对地域的强调和弘扬,对神性的维护和膜拜(这些曾被朦胧诗等解构掉了),还有他的"草根性",一种立足扎根于土地的写作,一种真正的自由、自然、自觉的个体创造,昌耀堪称百年新诗以来真正具草根性第一人。

昌耀早期,一直在主流叙述之外,他的来源应该主要是20世纪80年代以来主流叙事中忽略的民间和边缘地区,这些,却最终将昌耀滋养成一棵大树,这恰恰提醒我们对所谓我们习惯地认为不言自明的诗歌现代知识、现代叙述和现代资源的反省。我们曾完全笼罩在西方现代性的阴影之下，那真的是唯一的途径吗？当然，从另一个角度，如果没有现代化的背景，昌耀的这样的孤绝者也很难被接受和理解。

就社会影响力而言，无论国内还是国际，昌耀无疑远逊于北岛，但在诗歌界内部，昌耀是公认的大诗人，而且影响越来越大。昌耀的这种大地性具有更深远的意义，他显示的多种维度，也正在启迪当代中国诗歌。

昌耀的意义，正在于对此前单一的现代性认识的一个修正。在20世纪80年代单一现代性的叙事逻辑里，昌耀是不可能获得更高声誉的。但随着时间的流逝，人们越来越意识到并不只有以西方为标准的那种现代性，还可能有一种立足自身传统的具有主体性同时兼具包容性开放性的现代性，而且，这种美学标准和艺术标准是由我们自身可以判断的，具有自主性和自觉意识的，而且，这也许还是真正的中国现代诗歌的方向。

诗歌维新：新时代之新

21世纪与新时代诗歌

一
新诗的演进与变革

21世纪已过去18个年头，已过百年的新诗发生了怎样的变化，还是得从新时期诗歌谈起。

新时期诗歌40年，有一个基本是自然自发演进的过程，可以从中窥见诗歌的自由发生进程和艺术变化规律。这个过程可以分为三个阶段：

第一个阶段是朦胧诗时期,主要是向外学习的阶段,翻译诗在这一阶段盛行。朦胧诗是"文革"后期出现的一种诗歌新潮,追求个性,寻找自我,呼唤人性的回归和真善美,具有强烈的启蒙精神、批判思想和时代意识,是一种新的诗歌表达方式和美学追求。朦胧诗主要的特点:一是其启蒙精神和批判性,北岛在这方面尤其突出,他对旧有的虚假空洞意识形态表示怀疑,公开喊出"我不相信",同时,他高扬个人的权利,宣称"在一个没有英雄的年代,我只想做一个人";二是对人性之美的回归,对日常生活之美的回归,舒婷比较典型,她呼唤真正的深刻平等的爱情、友情,比如《致橡树》等诗。朦胧诗的新的美学追求,也得到了部分评论家的肯定,其中尤以谢冕、孙绍振和徐敬亚为代表,他们称之为"一种新的美学原则的崛起",为其确定追求人性人情人权的准则,从而为其提供合法性正当性证明。但朦胧诗对翻译诗的模仿学习,是一个共识。灰皮书是朦胧诗的重要来源和起源,灰皮书是指20世纪六七十年代只有高干高知可以阅读的、所谓"供内部参考批判"的西方图书,其中的西方现代派小说和诗歌,被认为是朦胧诗的鼻祖。从普希金、拜伦、雪莱、泰戈尔、惠特曼、波德莱尔、

诗歌维新：新时代之新

艾米莉·狄金森、艾略特、奥登、普拉斯、帕斯捷尔纳克、阿赫玛托娃到布罗茨基、拉金、米沃什等等，都被诗人们模仿研究了一遍，所以早期常流行这样的说法，说某某是中国的普希金，某某是中国的拉金，某某又是中国的普拉斯，某某又是中国的策兰，此种风气曾盛行一时。

朦胧诗本身的命名来自章明的批评文章《令人气闷的"朦胧"》，认为一些青年诗人的诗写得晦涩、不顺畅，情绪灰色，让人看不懂，显得"朦胧"。这一看法，可以从两个方面来分析：一是朦胧诗由于要表达一种新的时代情绪和精神，老一辈可能觉得不好理解，故产生隔膜，看不懂；二则可能因为这种探索因为是新的，这种新的时代的表达方式是此前所未有的，因而必然是不成熟的，再加上要表达新的感受经验，中国传统中缺乏同类资源，只好从翻译诗中去寻找资源，而翻译诗本身因为转化误读等等，就存在不通畅的问题，在这样的情况影响下的诗歌，自然也就有不畅达的问题，故而扭曲变异，所以"朦胧"，让人一时难以理解接受。

朦胧诗试图表达新的时代精神，创造新的现代语言，但因受制于时代受翻译体影响，再加上表达受时代限制导致的曲折艰涩，诗艺上还有所欠缺，未能产生更大影响，后来进入欧美后也受到一些质疑，比如其对所谓"世界文学"的有意识的模仿和追求，及其诗歌表达方式和技巧的简单化。

第二个阶段是文学寻根时期，也是向内寻找传统的阶段，后来更在"国学热"、文化保守主义潮流中日趋加速，朦胧诗和第三代诗人中已有部分诗人开始具有自觉的将传统进行现代性转换的创造意识，这个时期也可以说是一个文学自觉的时期，民族本土性主体性意识开始觉醒。最早具有寻根意识的作品被认为是杨炼的诗歌《诺日朗》等。后来则是小说界将之推向高潮。韩少功发表《文学的根》，莫言、贾平凹、阿城等相继推出《红高粱》、《商州》系列和《棋王》等小说。文学寻根思潮的产生，可能受到两股西方思潮的影响：一是拉美的魔幻现实主义，也是"寻根"面目出身，寻找拉丁美洲大陆的独特性和精神气质，代表性作家马尔克斯的《百年孤独》在文学界人手一册；二是欧美本身的反现代化潮流，表现为所谓反现代性的审美现代性，比如在艺术界以梵高、高更为代表的反现代文明、追求原始野性的潮流。此外，进入20世纪90年代以后，大陆文化保守主义思潮兴起，国学热盛行，陈寅恪、王国维等成为新的时代偶像。

这一时期值得注意的是台湾现代诗歌对大陆的影响。台湾现代诗正好已经过第一阶段向外学习，开始转向自身传统寻找资源，而且刚刚创作出具有一定示范性的代表性作品，比如余光中的《乡愁》、郑愁予的《错误》、洛夫的《金龙禅寺》等。台湾现代主义早期也是以西化为旗帜的，三大刊物《现代诗》《创世纪》《蓝星》等，明确强调要注重"横的移植而非纵的继承"，主张完全抛弃传统。但有意思的是，台湾现代诗人们越往西走，内心越返回传统。他们最终恰恰以回归传统的诗作著名，而且也正是这批诗作，他们被大陆诗歌界和读者们广泛接受。台湾现代主义诗歌对整个当代诗歌四十年的影响力，有时会被有意无意忽视，但我们不能不承认，在第二阶段，台湾现代诗取得了辉煌的成就，足以和朦胧诗抗衡。

寻根思潮持续性很强。后来也出现许多优秀的作品，比如柏桦的《在清朝》、张枣的《镜中》等，更年轻的继承者则有陈先发、胡弦等等，其意义还有待进一步挖掘。

第三个阶段出现在21世纪诗歌开初，其中最重要的一个背景是互联网及自媒体的出现及迅速普及，还有全球化的加速，促进中西文化与诗歌大交流大融合，激发创造力。我称之为诗歌的"草根性"的时期，这是向下挖掘的阶段，也是接地气和将诗歌基础夯实、将视野开阔的阶段。所谓诗歌的"草根性"，我写过一篇文章《天赋诗权，草根发声》，大意是每个人都有写诗的权利，但能否写出诗歌和得到传播还需要一些外在条件，比如要有一定文化水准，也就是说得先接受教育，现在正好是一个教育比较普及的时代。然后，写出来能得到传播，网络正好提供了一个新的传播渠道和平台，博客、微博、微信这样的自媒体对诗歌传播更是推波助澜，这些外在条件具备了，诗歌的民主化进程也就开始了。新的

诗歌维新：新时代之新

创作机制、传播机制、评判机制、选择机制与传播依赖纸刊、编辑的机制相比，发生了变化。诗歌进入一个相对大众化、社会化也是民主化的时代。当然，一个人是否能成为好诗人还有天赋等问题，诗有别才，但大的趋势基本如此。所以，我将"草根性"定义为一种自由、自发、自然并最终走向自觉的诗歌创作状态。

这个时代的一个标志就是底层草根诗人的崛起，被称为"草根诗人"的有杨键、江非等最早引起注意，而打工诗人郑小琼、谢湘南、许立志等也被归于这一现象，2014年底余秀华的出现，使"草根诗人"成为一个具有广泛社会影响力的现象，达到一个高潮；另一个标志是地方性诗歌的兴盛，中国历史上就有地方文化现象，古代有"北质而南文"的说法，江南文化、楚文化、齐鲁文化、巴蜀文化等使得中国文化呈现活力和多样性。当代地方性诗歌也相互竞争、相互吸收、相互融合的阶段。雷平阳、潘维、古马、阿信等被誉为代表性诗人。而少数民族诗人的兴起也可以归入这一现象，如吉狄马加等少数民族诗人，为当代诗歌带入新的诗歌因素，并成功进入主流文学。还有一个现象是女性诗歌的繁荣。这也与网络的出现有一定关系。女诗人几乎人人开博客和微信、微博等自媒体。自媒体有点像日记，又像私人档案馆，还像展览发布厅，自己可以做主，适合女性诗人。女诗人们纷纷将自己的照片、诗歌、心得感受、阅读笔记全部公开，并吸引读者。我曾称之为"新红颜写作"现象。其背后的原因则是女性接受教育越来越普遍，知识文化程度提高，导致女诗人大规模的涌现，超过历史任何一个时期，释放出空前创造力，并深刻改变当代诗歌的格局，引起广泛关注。而且，女性占人类一半，其创造性的释放，在某种意义上具有人类文明史的意义。

在诗歌传播上，微信更起到了推波助澜的作用。微信的朋友圈分享，证明"诗可以群"。微信适合诗歌阅读和传播，快捷，容量小，并可随时阅读，日渐成为人们日常生活习惯。而另一方面，从网络诗歌开始就有的"口语化"趋势，也使诗歌更容易被读懂和广泛接受。所以，微信不受地域限制，汉语诗歌微信群遍布世界各地，人在海外，心在汉语。其后续影响值得关注。

21世纪诗歌的这个阶段持续了十七八年,"草根性"诗歌使整个诗歌的基础夯实了,诗歌的普及达到一个前所未有的时期,上至中央高层,下至农妇民工,写诗的人群越来越大,诗歌活动越来越多,这是新诗诞生以来从未有过的,但也因此面临一些指责,比如写作门槛太低导致口水化,比如晦涩难懂再度形式主义,人们对诗歌的要求也越来越高,当代诗歌亟待突破。

二
新时代的到来

21世纪诗歌开始进入一个新的历史时期,这个历史时期的出现,有诗歌内在艺术规律决定的,百年新诗寻求突破,也有外在历史契机推动的,那就是新时代的到来。

先说艺术内在规律的推动,前面说过了,新诗在经历向外学习、向内寻找、向下挖掘的阶段之后,开始本能地呼唤向上超越,诗歌界普遍在呼吁确立新的美学原则,创造新的美学形象，建立现代意义世界。

历史上曾出现过这样的时期，盛唐诗歌就创造了古典美学的典范。李白是自由、浪漫的象征，他背后代表着道教的精神。杜甫是深情、忧患的典型，他的感时忧国是一种儒家传统。王维则是"超脱、超越"的形象，他有佛家及禅宗的关怀。在古典文学中，由于文史哲不分家，诗歌里本身包含哲学观念和历史经验，诗融情理，诗人们集体创造了一个古典的意义世界，为社会提高价值和精神，至今仍是一个美学和意义的源头。

所以，向上，确立新的现代的美学原则，创造新的美学形象，建立现代意义世界，是诗歌作为艺术不断要求创新前进必然导致的。这个阶段必然是一个融会贯通的阶段，由于我们身处全球化时代，这是一个古今中西融汇的阶段。其次，众多具有个人独特风格和审美追求的优秀诗人相继涌现。最关键的，这一阶段还将有集大成的大诗人出现。最终，这一阶段将确立真正的现代美学标准，呈现独特而又典范的现代美学形象，从而建构现代的意义世界，为当代人提供精神价值，安慰人心。

外在的推动，则来自时代。这个阶段遇到了一个天时地利的契机,习近平总书记在十九大报告中指出:"经过长期努力,中国特色社会主义进入了新时代,这是我国发展新的历史方位。"②

关于新时代,报告中是这样描述的:"中国特色社会主义进入新时代,意味着近代以来久经磨难的中华民族迎来了从站起来、富起来到强起来的伟大飞跃,迎来了实现中华民族伟大复兴的光明前景;意味着科学社会主义在二十一世纪的中国焕发出强大生机活力,在世界上高高举起了中国特色社会主义伟大旗帜;意味着中国特色社会主义道路、理论、制度、文化不断发展,拓展了发展中国家走向现代化的途径,给世界上那些既希望加快发展又希望保持自身独立性的国家和民族提供了全新选择,为解决人类问题贡献了中国智慧和中国方案。""这个新时代,是承前启后、继往开来、在新的历史条件下继续夺取中国特色社会主义伟大胜利

② 习近平:《决胜全面建成小康社会夺取新时代中国特色社会主义伟大胜利——在中国共产党第十九次全国代表大会上的报告》,新华网,2017年10月27日。

的时代,是决胜全面建成小康社会、进而全面建设社会主义现代化强国的时代,是全国各族人民团结奋斗、不断创造美好生活、逐步实现全体人民共同富裕的时代,是全体中华儿女勠力同心、奋力实现中华民族伟大复兴中国梦的时代,是我国日益走近世界舞台中央、不断为人类作出更大贡献的时代。"③ "中国特色社会主义进入新时代,我国社会主要矛盾已经转化为人民日益增长的美好生活需要和不平衡不充分的发展之间的矛盾。"④

2019年6月5日,中俄签署《中华人民共和国和俄罗斯联邦关于发展新时代全面战略协作伙伴关系的联合声明,新时代概念开始国际化,这个值得关注。随后不久,中日也宣布进入新时代国际关系。

2019年3月4日,习近平总书记在看望全国政协文艺界、社科界群组委员时强调:

③ 习近平:《决胜全面建成小康社会夺取新时代中国特色社会主义伟大胜利——在中国共产党第十九次全国代表大会上的报告》,新华网,2017年10月27日。

④ 同上。

诗歌维新：新时代之新

"新时代呼唤着杰出的文学家、艺术家、理论家，文艺创作、学术创新拥有无比广阔的空间，要坚定文化自信、把握时代脉搏、聆听时代声音，坚持与时代同步伐，以人民为中心，以精品奉献人民，用明德引领时尚。中国特色社会主义进入新时代。希望大家承担记录新时代、书写新时代、讴歌新时代的使命，勇于回答时代课题，从当代中国的伟大创造中发现创作的主题、捕捉创新的灵感，深刻反映我们这个时代的历史巨变，描绘我们这个时代的精神图谱，为时代画像、为时代立传、为时代明德。"⑤

⑤ 《习近平看望参加政协会议的文艺界社科界委员》，新华网，2019年3月5日。

这是习近平总书记第一次公开谈到新时代文艺创作，可以说是新时代文学、新时代诗歌的动员令。此前，习近平总书记在文艺工作座谈会上和中国文联十大、中国作协九大开幕式上都谈过文艺创作，但关于新时代文艺创作，这是第一次提到，可以说也明确了新时代文学、新时代诗歌的方向。

三
新时代诗歌的四个关键词

1. 时代性

2019是五四运动100周年，五四运动先有新文化运动，新文化运动则包含了新文学革命和新诗革命。胡适、陈独秀等发动文学革命，胡适写了《文学改良刍议》，陈独秀在《文学革命论》里面提出三大主张：第一是要"推倒雕琢的阿谀的贵族文学，建设平易的抒情的国民文学"；第二是要"推倒陈腐的铺张的古典文学，建设新鲜的立诚的写实文学"；第三是要"推倒迂晦的艰涩的山林文学，建立明了的通俗的社会文学"。新诗成为文学革命、新文化运动的急先锋。新中国诗歌、新时期诗歌，都起到过类似的作用。

诗歌维新：新时代之新

"文章合为时而著，歌诗合为事而作"，诗歌经常是时代之体现，古今中外皆然。比如边塞诗之于盛唐气象，其中大量描写异域风情的精彩诗句："明月出天山，苍茫云海间"；"大漠孤烟直，长河落日圆"；"黄河远上白云间，一片孤城万仞山。羌笛何须怨杨柳，春风不度玉门关"；"渭城朝雨浥轻尘，客舍青青柳色新。劝君更尽一杯酒，西出阳关无故人"；"北风卷地白草折，胡天八月即飞雪。忽如一夜春风来，千树万树梨花开"；"五陵年少金市东，银鞍白马度春风。落马踏尽游何处？笑入胡姬酒肆中"；"蒲萄酒熟恣行乐，红艳青旗朱粉楼"……这些诗歌，其实是时代景象的展现，构建出一个独特的让人耳目一新的新奇世界，和自由闲适、畅快淋漓的盛世景象。

还有一些诗歌，则堪称"时代精神"之张扬。比如："青海长云暗雪山，孤城遥望玉门关。黄沙百战穿金甲，不破楼兰终不还";"宁为百夫长,胜作一书生";"葡萄美酒夜光杯,欲饮琵琶马上催。醉卧沙场君莫笑,古来征战几人回";"千里黄云白日曛,北风吹雁雪纷纷。莫愁前路无知己,天下谁人不识君";"男儿何不带吴钩,收取关山五十州。请君暂上凌烟阁,若个书生万户侯";"月黑雁飞高,单于夜遁逃。欲将轻骑逐,大雪满弓刀"……,充满着英雄气概和豪放精神,展现出一种自由的、积极的、开放的和浪漫的英雄主义和理想主义精神。这背后,是因为盛唐的诗人们有着开放的视野、开阔的胸怀和心怀天下的理想雄心。

学术界甚至有一种观点:所谓诗歌的"盛唐气象",其实主要是由边塞诗表现出来的。边塞诗,是指以边疆地区政治军事及社会生活和自然风光为题材的诗。唐朝是边塞诗的鼎盛时期,边塞诗也是当时最主要的创作题材,《全唐诗》存边塞诗2000余首,但被认为是唐诗当中思想性最深刻,想象力最丰富,艺术性最强的部分。盛唐的美学形象也主要是由边塞诗所建构的。在唐代,写边塞诗是一种时代风气,边塞诗也是一种普遍题材,几乎每一个诗人都写过,那些没去过边塞的人也写边塞诗,为什么会有这种现象?因为,这是在大的国家战略下引导出来的风气,到西域去,开疆拓土,

诗歌维新：新时代之新

建功立业，"功名只应马上取，真是英雄一丈夫"是当时读书人和有志之士的共同心声。盛唐诗歌，呈现了一个个雄伟瑰丽的美学景观，也象征了盛唐自由的、开放的、浪漫的气息。

诗歌与时代的关系由此可见一斑。美国西部开发时也有类似情况。惠特曼曾呼吁创建一个"新大陆"，但新大陆真正全面创建还是由美国政府主导的西部开发政策开始的。美国历史学家、边疆理论的创始人特纳，1893年写出著名的《边疆在美国历史上的重要性》一文，在文章中，特纳提出了著名的"边疆假说"（当然，我们需要警惕边疆理论中深藏的白人中心主义和殖民霸权观）。这一假说认为："直到现在为止，一部美国史在很大程度上可说是对于大西部的开发史。一块自由的土地的存在，及对其不断的深入开拓，以及美国人定居地的向西推进，促成了美国的发展。"特纳将他的边疆理论归纳出四个方面：一是"促进了美国人民的一种混合民族性的形成"，二是"减少了对英国的依赖"，三是"民族主义的兴起和美国政治制度的演变"，四是"从边疆生活的条件中出现了极其重要的思想"，包括平等对话的民主观念、自由而自我担责的生活方式等等。特纳后来不断深化这一理论，将美国国家性格的形成归功于向西部的开发，认为在这一过程中加深了美国对自我的认识和成长，向西部的前进和开拓，不断扩大美国新边疆，诞生了今日美国精神，塑造了美国的国家美学形象，那就是类似牛仔的勇猛进取的自由形象。特纳这一思想一度成为美国国家上升时期的一个主流思想和主导思想。而这样的国家战略，也影响到美国文化艺术的发展。西部片成为美国电影的主流题材和普遍题材，西部小说和西部诗歌也一度成为美国文学的重要样式。

"新时代"这个概念是十九大提出来的，这首先是一个政治概念，宣布中国进入了中国特色社会主义新时代。同时是一个经济概念，中国成为世界第二大经济体，但是这个概念要落实转化为一个文化的概念、文学的概念、诗歌的概念，转化落实为文化意识、文学意识、诗歌意识。[6]习近平总书记强调"人心是最大

[6] 习近平：《人心是最大的政治共识是奋进的动力》，新华每日电讯1版，2018年12月30日。

的政治",诗歌文学最大的特点就是要打动人心,感动人心,最终获得人心,赢得人心,在历史上留下更深刻的痕迹。

2. 人民性

文艺"二为"方向,即为人民服务,为社会主义服务,来源于1942年毛泽东《在延安文艺座谈会上的讲话》。2019年是新中国成立七十年,新中国的诗歌是发源于延安时期的,当然五四时期也有一些,但是真正成了气候,还是与延安有关,一些是受延安风气影响,比如艾青、臧克家、何其芳等这些诗人。艾青感受到当时的革命氛围和时代精神,写出了一批著名的诗歌代表作,如《黎明的通知》《向太阳》《火把》《野火》《北方》《旷野》等。他用了大量新的意象,火把、黎明、野火、太阳、吹号者,这在中国的诗歌传统中是用得不多的,有一种新气象新面貌。艾青创造了新诗的一条新的道路,融合欧洲的浪漫主义和苏俄的革命精神，发展出一条积极昂扬的浪漫主义抒情道路。还有一些，直接是在延安文艺座谈会影响下，文艺创作出现的高潮，比如长篇叙事诗《王贵与李香香》（李季）、长篇叙事诗《漳河水》（阮章竞）等，真实地记录了时代与人民的生活。

1949年以后，受延安诗歌风气影响的政治抒情诗流行一时，胡风、郭小川、贺敬之等，是这方面的代表诗人。这样的一条新诗道路，有两点非常重要：第一是从政治上是具有主体性的，新中国的成立，中国人民终于站起来了，这个主体性从延安时期就开始有了，然后逐渐得到加强，新中国成立后，人民有了当家作主的主体性。五四时期，新诗虽然开启了一个窗口，但是实际上五四时期的很多诗歌，都是一种依附性的学习模仿，对西方浪漫主义及现代主义的追随膜拜。艾青等则开辟了新的道路，政治上有一种主体性，艺术上也有独特性，比如对民歌民谣的学习吸取，跟朗诵结合得比较好，具有大众化的特点，典型的如贺敬之的《回延安》等诗歌，就采用了"信天游"的民间叙事方式，这也是一种向人民学习、来源于人民，又服务于人民的诗歌追求。这也是一种艺术自觉。这也是非常重要的一点。

诗歌的"人民性"问题，宋代理学家张载提出"民胞物与"的观点，将他人及万物皆视为同胞。语出《西铭》一文："乾称父，坤称母；予兹藐焉，乃混然中处。故天地之塞，吾其体；天地之帅，吾其性。民，吾同胞，物，吾与也。"意思是，天是父亲，地是母亲，人都是天地所生，所以天底下之人皆同胞兄弟，天地万物也皆同伴朋友，因此，我们应该像对待兄弟一样去对待他人和万物。这种朴素的传统观点，也是"人民性"的一个诗歌基础。

3. 主体性

主体性概念是一个现代概念，自康德强调之后，成为西方启蒙主义的一个重要话题。康德认为人因具理性而成为主体，理性和自由是现代两大基本价值，人之自由能动性越来越被推崇，人越来越强调个人的独特价值。根据主体性观点，人应该按自己的意愿设计自己的独特生活，规划自己的人生，决定自己的未来，自我发现、自我寻找、自我实现，这才是人生的意义。广而推之，民族的自由独立、国家的自由独立也成为一种现代价值。

因此，现代性最主要的概念就是主体性，尤其对中国这样一个后发现代化的国家，鸦片战争以后中国经历了全面的失败以后，1949年新中国的成立，恢复了其主体性，但走向全面的现代化，实现中华民族伟大复兴，还需要艰苦的努力和扎实的建设。新诗也是如此，我们要克服西方非此即彼二元对立的逻辑，尤其是主客割裂对立的思维，中国传统强调天人合一，民胞物与，主客合一，在文学上诗歌上，就是强调人民性和主体性的结合，这样的诗歌道路，才是中国诗歌的现代性方向。

新诗已过第一个百年，现在开始第二个百年，我觉得当前最重要的是建构其主体性，这种主体性不是依附性地追随西方的现代主义，也不是退回到过去，而是兼容并蓄，在坚持自己的传统的同时开辟其现代性，确立中国新诗的自主的道路，而非依附性的道路。

主体性确立是政治诗学的基础。政治敏感是人之最重要的感受感觉，政治就是最大的感受，比如五四运动，比如改革开放，比如爱国热情，比如正义与公平，政治感觉可以转化为最伟大的艺术感觉。历史已无数次证明这一点。

主体性欠缺是无法产生伟大艺术的最主要原因。诗歌的本质是心灵的呈现，个性的展示，主体性闪耀的光辉，这也才是诗歌和艺术真正打动人心，让人印象深刻、记忆长久的原因。华丽的辞藻、技巧的修辞可以炫人耳目，但难以深入人心。

这也是当代诗歌形象不清晰的重要原因。貌似不错的修辞，漂亮的辞藻，但后面没有人之主体的支撑，就显得空洞无物。真正的诗歌是人本身，是诗人自身的形象确立。真正伟大的诗歌，是独立人格的彰显，是诗人本身的魅力散发。从这一角度，当代诗歌基本还没确立自己的明晰形象，还没有哪一个诗人有超强的个人魅力。这也是诗歌萎缩、读者减少的原因，既然你比我也不过如此，我何必关注你，把时间耗费在你身上，还不如阅读经典，靠近伟大的心灵，沉浸于卓越的精神世界。这一点，值得每一位当代诗人深思。

还有民族国家主体性的确立，是民族国家独立自由的前提，是自主发展的必要条件，也是诗歌艺术独立自由发展的基础。

4. 境界

具体到个人的诗歌创作，古典的"心学"值得借鉴。在中国古典诗学中，诗歌被认为是一种心学。《礼记》说："人者，天地之心也。"段玉裁《说文解字注》对此解释："禽兽草木皆天地所生，而不得为天地之心，唯人为天地之心，故天地之生此为极贵。天地之心谓之人，能与天地合德"。现代哲学家冯友兰先生认为：人是有觉解的动物，人有灵觉。因为这个原因，人乃天地之心，人为万物之灵。人因为有"心"，从而有了自由能动性，成为了一个主体，可以认识天地万物、理解世界。从心学的观点，诗歌源于心灵的觉醒，由己及人，由己及物，认识天地万物。个人通过修身养性不断升华，最终自我超越达到更高的境界。

心，在中国传统文化中是指感受和思想的器官。心，在

诗歌维新：新时代之新

中国文化中是一个整体性概念，既不是简单地指心脏，也不是简单地指大脑，而是感受和思想器官的枢纽，能调动所有的器官。

我们所有的感受都是由心来调动，视觉、味觉、嗅觉、触觉等所有感觉，都由心来指挥。比如鸟鸣，会唤醒我们心中细微的快乐；花香，会给我们带来心灵的愉悦；蓝天白云，会使我们心旷神怡；美妙的音乐，也会打动我们的心……这些表达里都用到心这个概念，而且其核心，也在心的反应。我们会说用心去听，用心去看，用心去享受，反而不会强调是用某一个具体器官，比如用耳去听，用眼去看。因为，只有心才能调动所有的精神和注意力。所以，钱穆先生认为心是一切官能的总指挥、总开关。人是通过心来感受世界、领悟世界和认识理解世界的。

以心传心，人与人之间的心灵是可以感应、沟通的。人同此心，心同此理，诗歌应该以情感动人，人们对诗歌的最高评价就是能打动人、感动人，说的就是这个道理。钱穆先生认为：好的诗歌，能够体现诗人的境界，因此，读懂了好的诗歌，你就可以和诗人达到同一境界，这就是读诗的意义所在。

心通万物，心让人能够感受和了解世界。天人感应，整个世界被认为是一个感应系统，感情共通系统。自然万物都是有情的，世界是一个有情世界，天地是一个有情天地。王夫之在《诗广传》中称："君子之心，有与天地同情者，有与禽鱼鸟木同情者，有与女子小人同情者……悉得其情，而皆有以裁用之，大以体天地之化，微以备禽鱼草木之几。"

在诗歌心学的观点看来，到达相当的境界之后，所谓主体性，不仅包括个人性，也包括人民性，甚至还有天下性。在中国诗歌史上，这样的例子举不胜举。其中最典型的就是唐代大诗人杜甫。

那么，何谓"境界"？境，最初指空间的界域，不带感情色彩。后转而兼指人的心理状况，含义大为丰富。这一转变一般认为来自佛教影响。唐僧圆晖所撰《俱舍论颂释疏》："心之所游履攀缘者，故称为境。"境界，经王国维等人阐述后，后来用来形容人的精神层次艺术等级，境界反映人的认识水平、心灵品位。王国维在《人间词话》里称："有境界则自成高格。"

哲学家冯友兰认为："中国哲学中最有价值的部分是关于人生境界的学说。"学者张世英则说："中国美学是一种超越美学，对境界的追求是其重要特点。"境界可谓中国诗学的核心概念。

境界概念里，既包含了个体性与主体性问题，个体的人可以通过修身养性，不断自我觉悟、自我提高，强化自己的主体性；也包含了公共性与人民性的问题，人不断自我提升、自我超越之后，就可以到达一个高的层次，可以体恤悲悯他人，也可以与人共同承受分享，甚至"与天地参"，参与世界之创造。

杜甫早年是一个强力诗人，"主体性"非常强大，在他历经艰难、视野宽广之后，他跳出了个人一己之关注，将关怀洒向了广大的人间。他的境界不断升华，胸怀日益开阔，视野愈加恢宏，成为了一个具有"圣人"情怀的诗人，所以历史称之为"诗圣"。

杜甫也被认为是一个"人民诗人"，堪称中国古典文学中个人性和人民性融合的完美典范。杜甫的"人民性"，几乎是公认,不论出于何种立场和思想,都认可这一点。其博爱情怀和牺牲精神,体现了儒家传统中"仁爱"的最高标准。

杜甫被认为是具有最高境界的诗人,到达了冯友兰所说的天地境界:"一个人可能了解到超乎社会整体之上,还有一个更大的整体,即宇宙。他不仅是社会的一员,同时还是宇宙的一员。他是社会组织的公民,同时还是孟子所说的'天民'。有这种觉解,他就为宇宙的利益而做各种事。他了解他所做的事的意义,自觉他正在做他所做的事。这种觉解为他构成了最高的人生境界,就是我所说的天地境界。"生活于天地境界的人就是圣人。

所以,诗人作为最敏感的群类,其主体性的走向是有多种可能性的,既有可能走向极端个人主义,充满精英的傲慢,也有可能逐渐视野开阔,丰富博大,走向"人民性",以人民为中心,成为一个"人民诗人",杜甫就是典范。

与西方相比,西方诗歌强调"独特性""个性""差异性"。中国诗歌则强调"境界""包容性""超越性",即使在国家民族层面,中国传统思想强调的也是"天下",而非一地一族之民。

四
新时代诗歌的美学建构

新时代诗歌,最关键的也许是其美学建构,而这将从两方面入手。

一是确立以人民为中心的主体意识,新时代诗人应该有高境界

新时期文学也是从确立主体意识开始的,但那是一种以个人为中心的主体意识。在启蒙主义思潮影响下,自我发现、自我寻找、自我实现的价值观风靡一时,曾对人性的解放人道的弘扬起到过积极作用,但过于强调自我,导致后来解构主义思潮的泛滥,否定传统、贬低英雄、反对崇高,直至解构一切宏大叙事,最终走向了历史虚无主义。新时代诗歌,应该确立以人民为中心的主体意识,这种主体意识里面本身就包含了个体意识和民族意识,是建立于个体和民族基础上又超越具体的个人和民族的。如果说我们曾经经历过一个解构主义时代，那么新时代应该是一个建构主义的时代，这个时代，将从一种自我否定、自我贬低与自我丑化的虚无主义和解构主义，走向一种自我肯定、自我发现和自我创造的建构主义，从文化自卑走向文化自觉和文化自信，这一历史性的巨大转折，正是时代最具诗意之处，是主体最能发挥自由创造的无限空间。兼具思想能力和感受能力的优秀诗人，最终会将人民的主体性、民族的主体性、国家的主体性和个人的主体性融为一体，加以不断肯定、不断强化和不断超越，提炼出新时代的核心价值，建构出强大的具有普世性的主体性精神力量，打动人心，感染世界，改变风气，影响社会。有人说诗人是世界的立法者，新时代诗歌就应该为这样的新价值立法。

二是建构自己的审美体系，应该创造美学新意象新形象

诗歌是一种塑造形象的艺术，艺术以形象感人，只有典型形象才能深入人心永久流传。我们这个时代恰恰是一个新意象新形象不断被创造出来的时代，新的经验、新的感受与全新的视野，都和以往大不相同，以一种加速度的形式在迅速产生着。山河之美与自然之魅，日常生活之美与人文网络、社会和谐,都将给诗人带来新的灵感和冲击力,激起诗性的书写愿望;而复兴征程、模范英雄、高速高铁、智能机器、青山绿水、绿色发展、平等正义、民生保障、精准扶贫、安居乐业……都可以成为抒写对象,成为诗歌典型,都可以既有时代典范性,又有艺术价值。此外,伴随全球化网络化、"一带一路",海洋世纪,共享经济,航天探索,构建人类命运共同体,都将加快人类前进的步伐,促进中西大融合,放大人们的想象力,激发新的理想信念、奋斗精神和创造力,进而催生出新的生活方式和观念价值,带来新的美学观念和美学形式,这将是一个新的美学开疆拓土的时代,可以既葆有中国特色本土根底,又具有全球开阔视野和胸怀,这是一个将创造出全新美学方式与生活意义的新时代。

百年新诗，其命维新

◇ 李少君　吴投文

2020年9月20日提问，12月31日采访，地点：湖南湘乡李少君老家，此为2021年1月21日诗人李少君修正、校阅后的返回稿（补充：吴投文为《百年新诗高端访谈》一书，特设问邀请李少君作答，因事务繁忙，李少君以微信语音方式回答，转化为文字后修正，后吴投文觉得不够深入，待李少君回家探亲期间再次专程上门采访，整理录音后再经李少君修改完成此访谈）。

诗歌维新：新时代之新

吴投文：你在初中时就开始写诗了，初一时写的散文诗《蒲公英》就发在了《小溪流》上面。考上武大后，你写了不少散文诗，一些散文诗作品在《大学生》《湖南文学》等刊物发表，被《青年文摘》等报刊转载，在当时的大学生里很有些影响，到现在还有人记得。你现在好像不写散文诗了，当时为什么这样执着写散文诗呢？请谈谈。

李少君：我最早开始写的是散文诗。其实只是我很小的时候，主要读唐诗宋词，《唐诗三百首》《千家诗》有段时间倒背如流。后来，又因为偶尔的机缘，喜欢上泰戈尔的《飞鸟集》，还有何其芳的《画梦录》、丽尼的《鹰之歌》，后来，又喜欢上鲁迅的《野草》、波德莱尔的《恶之花》《巴黎的忧郁》，受他们影响，觉得散文诗这种形式很好。差不多到中学毕业，才因为读了老木的《新诗潮诗集》，迷上了现代诗。我初中一年级时就写了一首散文诗《蒲公英》，算是我的第一首诗。那是出于一种少年的淡淡的忧伤。我的故乡在湖南的湘乡，风物优美，抬头看得见东台山，裸足走过涟水河。记得当时是在一个山坡上，看到了蒲公英四处飘散，我就想它们最终会落脚何处呢？回去后就把这种感受记录了下来，写得简单，但里面有某种单纯的伤感的东西。后来，这首散文诗在长沙的《小溪流》杂志发表，打动了一些人，还获了奖，让我和叶君健等老先生在衡山开过笔会。这首散文诗仿佛是一种冥冥之中的暗示，也是一个预兆，后来我也远离故乡，在海南岛扎下根来。我读大学后，写诗有过一个爆发期，青春的冲动时期吧。写得比较好的还是散文诗，《中国的月》《中国的秋》《中国的爱情》系列在《大学生》《湖南文学》等发表，《青年文摘》等转载过，在当时的大学生里很有些影响，现在还有人记得。当时的华中工学院，就是后来的华中科技大学，举办了一次全国性的大型文学展览，还把我的一首散文诗登在了世界著名诗歌的展板上。我1994年出的第一本书《岛》，就是我的散文诗的结集，主要是大学期间写的散文诗，也包括后来参加工作写的一些诗。这本书是张承志写的序，他可能对我寄予了很大的希望吧。

当时张承志比较认可我，大概觉得我比较有热血，或者是说有理想。早年对散文诗有一种痴迷，这开启了我的文学之路。

吴投文：散文诗在新诗研究中似乎比较边缘化，往往被研究者忽略。我总觉得散文诗这一概念显得很勉强，在文学史研究中似乎也没有独立的价值，可能归为散文更为合适。这只是我个人的想法而已，不知你是否认同？从你的写作经验来看，你觉得散文诗与"正规"的分行诗歌在文体上有什么差异没有？

李少君：不管是散文诗还是分行的新诗，共同的特点是要有诗情、诗意，没有诗情、诗意就不能称为诗歌。诗意是诗歌的本质特点，分行也好，不分行也好，有了诗意，就具有了诗歌的特点。毫无疑问，散文诗也是诗歌，不是散文。不过，在中国的古代文学传统中，并没有散文诗这个概念，散文诗是在新诗诞生之后才出现的一种文体，可以称之为新诗的一种"亚文体"。这一"亚文体"是对新诗文体的一种拓展和丰富，同属于新诗"大家族"。所以，我不认为把散文诗"归为散文更为合适"，在文学史研究中也具有独立的价值。相对来说，散文诗兼具散文的优点，在形式上看不分行，看起来像散文，但其内核却是诗意。实际上，散文诗有众多的读者，作为一种文体的影响力也很大。

吴投文： 武汉大学有深厚的文学传统，你在武大新闻系读书时，正是武大校园诗歌写作最活跃的一个时期。那也正是80年代大学生诗歌运动如火如荼的一个时期。因武汉大学坐落于美丽的珞珈山，当时武大的一些学生诗人自称"珞珈诗派"，你是其中的一位重要发起者和活跃分子。2017年11月19日，在你和余仲廉、吴根友、王新才、涂险峰等人的推动下，"武汉珞珈诗派研究会"在武大珞珈山庄成立并举行了第一次代表大会。我也参加了这次会议，见证了几代"珞珈诗派"诗人共聚一堂的情景。请你回顾一下"珞珈诗派"发起时的情形。相对于其他高校的大学生诗歌写作，"珞珈诗派"有什么独特性没有？

诗歌维新：新时代之新

李少君：我是1985年考入武大新闻系的，那正是文学非常活跃的一个时期，文学甚至在社会生活中占据了中心位置。武汉20世纪80年代是一个文化中心之一，哲学、艺术、文学等都出了不少人，全国各地来这里交流、访问的人也很多，表现之一是那时讲座特别多，而且很开放，讲什么的都有，我听过很多。武汉大学是20世纪80年代高校高教改革的典范，校长是刘道玉是一位教育改革家，现在大学里常设的学分制、插班生制、转系制度等，在国内都是从他开始的。后来学校还鼓励本科生、研究生自己开讲座，我就是比较早讲的，好像是全校第二个吧，是学生会组织的。我讲的是"第三代"诗歌，还很轰动，教室里挤得水泄不通，我们班上也有不少同学去听。那时的文学盛况可见一斑，至少半数以上的大学生都写诗，大家有一种亢奋的文学激情。

当时很多人对什么是"第三代"还不了解。全国各地的诗人来武大也比较多，武大本身的诗歌氛围就很好，前面有高伐林、王家新等诗人，陈应松、林白他们以前也是写诗的，后来才写小说。武大很早就有个"樱花诗会"，一直延续到现在，影响很大。当时一些老诗人像曾卓他们每年都来。到了我们八五级，我和中文系的洪烛、陈勇、张静，新闻系的孔令军、黄斌，法律系的单子杰等又发起了一个"珞珈诗派"，理论上主要是我写文章，点子也是我出得多。"珞珈诗派"并不是一个文学社团，而是把武大校内各个文学社里写诗的人集结到了一起，当时就颇有一些声势，初步显露出了"校域性"诗派的特征。《武汉大学学报》当时的编辑张海东老师是一个有诗歌情怀的人，他对武大校园诗歌的推动倾注了很大的热情。我至今记忆犹新，1988年《武汉大学学报》曾连续五期以五个整版连载了我的诗歌评论。当时很多老师都知道我，说你就是李少君啊！当时的《武汉大学学报》是一张对开的小报，没有现在的报纸那么大，此后还陆续推出了其他几位武大校园诗人的专版。珞珈诗派的出现与武大当时开放的校园文化环境有关，也与当时文学的整体活跃程度有关。

吴投文：你大学毕业后，去海南当了记

诗歌维新：新时代之新

者，后来很长一段时间都做媒体工作。我注意到，在当时的武大毕业生中，很多都去了北京、上海、广州这些大都市，也有不少留在了武汉工作。你的选择在当时好像有点特殊。当时为什么选择去海南工作？可否谈谈？

李少君：其实，我学新闻系跟我的文学理想是有关系的，因为我一直认可一句话：读万卷书，行万里路。"读万卷书"靠自己，但是"行万里路"要有客观条件，80年代能行"万里路"的只有记者，不像现在大家有点钱想去哪就去哪，交朋友也很方便。那个时候你出去一趟是一个很大的开支，特别是要去更远的地方，对一般人来说就是一件很大的事，所以当时我就想，要搞文学就要先行"万里路"，就要当记者，就要去新闻系。当时新闻系的考分是比较高的，别的学校我不知道，但是武汉大学新闻系的考分是全校第二，在当时仅次于国际金融专业，中文系的考分相对还是低的。当时我选择新闻系，我的考分是没有问题的，当时我比武大中文系湖南学生的考分都要高一些，学新闻就是出于"读万卷书，行万里路"这么一个想法。

我最早的想法不是去海南。我在大学的时候写过一篇散文《到西部去》，当时我想去像新疆这样的地方，觉得比较浪漫，有种理想主义的东西鼓动我。80年代有一批大学生去西藏，像马原就是，也有一批去新疆的。当时我想去新疆。到我快要毕业的时候，就传海南要建省，觉得去海南更好。为什么海南更好？第一，它也是一个很远的远方，有一种很独特的景象。第二，符合当时的时代潮流，寻找自我价值，海南建省时出现了一个"十万人才下海南"的潮流，很多人想去海南。第三，我是一个有冒险精神、创业精神的人，觉得去海南更合适，海南不是一穷二白吗？正好画最美最好的图画。大学期间，我在北京待了两个月，在广州也待了一个多月，也去过别的一些城市。客观地讲，当时的北京、广州不像现在这么热门。现在很多资源集中在了这些特大城市，但是80年代的时候，这些资源还是比较分散的，跟现在的状况是不一样的。现在很多人就觉得去这些热门城市是第一选择，但那个时候真不是这样的，那个时候选择还是比较多。

海南代表了那个时代的潮流，那时正是计划经济向市场经济转变的阶段。现在的人有点难以理解这个，但那个时候你敢去海南，去深圳，需要一点勇气和冒险精神。我觉得去海南，更符合我这种人的特点，我是一个喜欢独自创造一片天地的人，就选择去了海南。

吴投文：你去海南，当时家里人反对吗？

李少君：这不用说，我去海南是不顾一切去的，当时家里很反对。当时海南的《海南农垦报》到我们学校要人，我也报名了，我觉得既然已经选择了这个地方，去什么单位无所谓。农垦在海南很特殊，是海南最大的国有单位，海南四分之一的人口，六分之一的土地都是属于这个地方管。海南在历史上是广东的一个行政区，当时叫"地区"，当时农垦的地位比"地区"还高。当时选择去海南，符合我浪漫、冒险、喜欢自我创业的特点。到海南后，我有同学到了《海南农垦报》，我去了《海南日报》。

吴投文：当时是不是还怀有一种文学梦呢？

李少君：还不仅仅是一种文学梦。20世纪80年代整个的风气，是自我寻找、自我发现、自我实现，按现在的说法，带有个人英雄主义。当然，文学也是包含在里面的。在那个风气下，当时去海南的人还是挺多的，我们班就有三个，另外两个也去了农垦，但后来他们都离开了，又回到了湖北。条件真是太差了，六个人一间宿舍，跟大学差不多。我们去的时候海南才刚刚有红绿灯，以前都没有红绿灯，可见当时海南的艰苦。我是属于比较执着的人，不太在意生活的艰苦。我最初做夜班校对，后来把我搞到一个最偏的记者站去了。我虽然心里也有点不高兴，但也还可以随遇而安，自得其乐。因为我的想法是体验生活，"读万卷书，行万里路"，所以对外在的条件也不是特别在意，就这样在海南待下来了。后来，《海南日报》办了一个《特区周末》，当时《南方周末》有一定的名气，海南当时作为一个改革开放的前沿，

诗歌维新：新时代之新

觉得广州既然能办《南方周末》，我们就可以办《特区周末》。《特区周末》不是一个单独的报纸，是《海南日报》周末版，我作为筹备人员被选到了《特区周末》，但是《特区周末》没怎么办出影响，开始是每周四个版，后来我们负责的那个同志对这个事情没什么兴趣了，他就搞证券报去了，后来《特区周末》就停了。

在海南待下来之后，我经历了海南的大起大落。海南1992年、1993年是最辉煌的时候。辉煌到什么程度呢？我用一个数字你可能就理解了，当时海南的房价最高已经达到每方平米一万元，而当时北京上海的房价是每方平米一千元，可见海南当时的疯狂。海南有一个南洋大厦，是渣打银行建的，当时就卖到了每方平米一万元。当时我在《海南日报》的工资差不多已经有两千元一个月，当时一个上海电视台的记者的工资是一百多元钱。现在来看，很多年轻人就觉得海南不怎么行，你怎么会去呢？我通过这两个数字就是想让大家体会一下当时海南是一个什么地位，那不是现在大家想象中的海南。当时，我有很多朋友做生意做得很好，比如我一个同学本来是投靠我的，住在我那里，结果过了一两个礼拜，他就搬出去了，自己租房了，再过一个礼拜，他就有办公室了,再过一个礼拜,他就租了一个楼了,再过一个礼拜,他就买了一部车了。当时海南有的人在很短的时间内,就变得极其的富有。但我没有去参与这些事,我的兴趣还是在文学,还是在文化领域。就在前段时间,我见到了海南省原来的省委常委、宣传部部长周文彰,他刚刚当选为中华诗词学会的会长。我一到海南我们两个就认识了,他1990年就到了海南,我1990年在《海南日报》当记者。我当时采访过他,见证了他从一个学者变成一个官员再变成一个领导的过程。他说,在他认识的人里面,也只有我一直坚持在文化领域,坚持文学理想,正因为你这样的坚持,所以你走到了《诗刊》。

吴投文：周文彰当时在海南做什么工作?

李少君：当时他从中国人民大学博士毕业,到了海南的一个社会发展研究中心。我们俩可以互相作证，我认识的人里面，也只有他一直坚持到最后，现在成了中华诗词学会的会长。他也说他认识的人里面只有我坚守文学，后来到了《诗刊》。我们当时有很多共同的朋友，都是文学界、文化界的朋友，但很多人中间就离开了这个岗位。韩少功、蒋子丹是例外，韩少功他们去海南的时候已经很有名了。我和周文彰先生的情况相似，我俩刚去的时候是想打天下的，还属于一片空白。

吴投文：你有很长一段时间担任大型文化刊物《天涯》杂志的主编，这在你的工作经历中可能是一种特别的体验。海南偏居一隅，并不在文化中心，《天涯》却在全国产生了巨大的影响，尤其是知识分子特别喜欢这个刊物。《天涯》刊登了很多有深度、很专业的文章，也发表文学作品，其中也包括少量诗歌作品。《天涯》杂志在你主编期间，对选择发表的文学作品有什么特别的考量没有？

李少君：《天涯》是由韩少功领头创办的，一开始就办得很成功，一个很重要的原因是他把他们那一代最优秀的人集中到了《天涯》。他们这代人真正产生全国性的影响是跟"人文精神大讨论"有关的，大都是"人文精神大讨论"的发起者和主要参与者。实际上，这些人主要属于知青一代，有陈思和、王晓明、黄平、戴锦华、汪晖、张承志、韩少功、张炜、史铁生等人。《天涯》一开始产生影响，其实成了知青一代的一个主要展示平台，到了后来，慢慢地变成了一个全国性的思想文化讨论的大舞台。说到文学这块，《天涯》当时在文学界是一个新的杂志，虽然有一定的影响，但思想文化是主导，文学方面并不突出。当时著名的作家给《天涯》稿子的时候，按我们的分析，不会给最好的稿子，他们会把最好的稿子给《人民文学》《收获》《上海文学》这样的杂志。《上海文学》在当时也很有影响力。后来我们就在文学板块开始力推新人，这样奠定了《天涯》在文学界的影响。现在回过头来看，我们推出的新人都证明是非常优秀的，举几个例子，比如刘亮程、艾伟、葛亮等作家，他们早期的代表作都是发在了《天涯》上。《天涯》也推出了更年轻的一代，像打工作家王十月、青年学者杨庆祥、青年作家徐则臣、青

诗歌维新：新时代之新

年诗人雷平阳、江非等人，包括后来肖江虹、朱山坡、张楚、黄灯等。我们这个文学板块主要面向年轻人，对有名的作家反而更严格，有的著名作家主动投稿子来，如果达不到我们的质量要求，我们还是会退稿。记得当时残雪就抱怨《天涯》退过她的稿子，其实那时残雪声名已经很大了，但我们觉得残雪投的稿子不是太好，不是她最好的，就没采用。《天涯》在这方面是做得非常有力的。

《天涯》发表诗歌不多，基本上都是我这一代人的诗歌。当时我主持这个栏目，第一次重点推的几个诗人，陈先发排在第一，然后是杨键、伊沙、侯马、宋晓贤等，更年轻的也有，像凌越。当时我们推出新人的意识很浓，为有创作潜力的新人铺路，要求也非常严格。现在散文界比较活跃的作家，基本上都与《天涯》的推荐有关，当时江西青年作家的散文很优秀，我们就给江西的青年散文家专门做了专辑，包括李晓君、江子、傅菲、范晓波、陈蔚文等。为什么现在那么多的人说起《天涯》非常感激，这与当时《天涯》的力推有一定关系。他们当时是年轻一代的作家，还需要扶持推荐，现在已经成了文坛中流砥柱的一代。

吴投文： 你被称为"自然诗人"，尽管这个称号可能并不完全合适，会对你的整体创作形成某种遮蔽，但也概括了你诗歌创作的基本主题和艺术追求。从你的诗歌来看，你对自然怀着一种全身心投入的迷恋，往往从自然中体味出人生的诗意，抒发人生的独特感受。你长期在海南生活和工作，这里环境优美、空气清新、植物繁茂，你看待自然的眼光和创作风格的形成是否受到了你在海南的生活环境的影响？

李少君： 在海南生活过的人都知道，海南就是一个大花园，一个大植物园，即使生活在城市里，比如海口三亚，也像是藏身在一片林子里，到处都是花草树木。从我们家的阳台和窗口看出去，经常看不到什么人，只有郁郁葱葱的树叶。以致海口有些小区出现偷盗，派出所的解释是树木太多，好藏身。所以，我写自然，其实也是一种现实。

我就生活在这样的现实中,我们家门前种有木瓜、荔枝和杨桃,甚至还种了黄花梨,后面种有南瓜和辣椒,当然这主要是家里的老人伺候的。但我看着这些,也很有喜悦感和骄傲感,感觉这些都是家里的一部分,那些树木就是家庭成员。经常还有松鼠在其中跳跃,我经常在家门口看看这些树。因此,我把自然作为一个参照作为一种价值是自然而然的事情。自然和我的内在是融合的,并没有多少冲突和矛盾。这些表现在我的诗歌中,可能就综合成了一种和谐的效果。

吴投文： 你在创作谈《我的自然观》中说,"我一直认为,自然是中国古典诗歌里的最高价值,自然也是中国人的神圣殿堂。这实质上是一种诗性自然观。我对自然的尊崇,与成长环境、生活方式乃至个人性情、思想认同有一定关系。我诗中的自然包含着对世俗生活的精神超越,表达一种社会性和公共性。"请结合你的创作，具体谈谈你的"诗性自然观"。

李少君： 在我看来，自然就是中国文化的最高价值。这是由几个原因导致的。一是古代的自然观，古代中国人就习惯以自然作为一切的最高价值和标准。比如汉字是象形字，文字与自然是对应的关系。老子说："人法地，地法天，天法道，道法自然。"有一种解释是这里的自然是一个时间概念，意思是自然而然，还是一个空间概念，意思是人们的行为都是参照自然的。道就是规律，世界的规律就是以自然为参照的。比如苏轼说："人有悲欢离合，月有阴晴圆缺"，可见人的情感是参照自然的。尤其中国古代那些神，什么雷神、龙王等，完全是以自然作为基础来构思的。所以这里的自然具有时间和空间的双重属性。而中国文化因为是建立在象形字的基础上，就更能看出自然对中国文化的影响了。象形字里本身就藏着自然，是具有实指性的。因此中国人不需要经过学习，有些字如"日""月"等也能认识，而拼音文字是做不到的。所以在中国，人们学习文字也就是向自然学习，模仿自然。但文字毕竟不完全等同于实体，所以文字又有虚拟的一面，也可以说是超越性的一面。比如"月"这个词，不仅指月亮本身，还是美好的朦胧的象征。此外，汉字还有重组变化的能力，可以说最合适与时俱进。比如两个古老的汉字，"电"和"脑"，一结合就成了最新的高科技词汇，这是汉字的一个能随时代变化的优势。

所以我写自然的时候，并没有过多去考虑什么抵抗扭转之类的想法，我只是写出我的所见所闻，所思所感，写出我的真实体验和感觉。但无意中，这些也许被早已现代化大都市化和观念化的当代人觉出其中的新奇之处。也许，除了生活空间环境的差异，那可能更多是一种地理的差异。海南历史上常被中心忽略，但这些年常常成为某种领先模范，比如其生态优势，还有海洋文明。中国历史上经常在陷入困境时，往往是地方带来新的创造力和活力。这正是中国文化的迷人之处，地方的多样性、差异性，让中国文明得以新生，就如孔子早已说过的："礼失而求诸野"，海南这样的地方，历史上就是"野"，但正因为这个原因，保留了良好的生态和淳朴的人情，无意间成为人们又要追求的生态模式和生存方式。何况历史上，中国的文化中心是一直在变动的，唐代是西安，宋又到了开封，后来又是江南，后来又到北京、上海等。边缘与中心，一直相互支撑，相互转换，相互滋养，中国文化也因此得以不断自我更新。

其实现代人都热爱自然、向往自然，比如每年几千万人到处旅游、游山玩水，就可看出来，现代人并不反感抵制自然，在现代生活体制下，他们有一定被迫性，被现代生活方式绑架了，他们在无奈之余也会逃离或反抗。我的诗歌在城市里有很多读者，而且很多是高级白领，是离自然似乎最远、完全城市化的一些人，也能说明这个问题。他们工作在城市，生活在别处，心在别处。人在自然之中，内心就获得了定力，也很容易产生诗情。自然是与诗联系在一起的，这也是中国诗歌的一个传统。到了现代，人与自然产生了距离，但可以在诗歌中体验到自然赋予的灵性，使心灵沉静下来。

吴投文： 在你所写的大量"自然诗"中，往往包含着某种神性的内涵，这也构成了你创作的一个显著风格特色。离开了神性的"自然诗"，会陷入单纯的对自然照相式的描摹，会显得内涵单薄，无法获得一种提升性的力量。自然神性作为一个有效的创作切入口，在中国新诗中并不少见，如昌耀的诗歌就在阔大的西部场景中寻找一种至高至善至美的自然神性，并转化为一种极具风格性的写作形态。在你的创作中，自然神性也是一个重要的精神维度。我觉得，这与你本人的个性气质是交融在一起的，表现出了一种趋赴天真的审美理想。你是有意识地追求这种风格形态和审美理想，还是无意识地形成的？请谈谈。

李少君： 在我看来，"神性"代表一个超越的维度，我写的"自然诗"就有一个"神性"的维度，但也并非仅仅如此。我写过一篇文章，其中谈到人性、自然性、神性三者缺一不可，这三者是相互联系的。作为一个人，人其实在天地之间应该有个位置感，按哲学的说法就是，你这个位置感相当于是在自然性与神性中间，便是人性。自然性是一个原始的东西，人要清醒地认识到你是高于自然的，当然也不叫高于自然的，你是与自然有区别的。但是你不能使自己陷于一种无所不在、无所不能的幻想之中，如果这样就会走向自我狂妄、人定胜天等，这些是不对的。所以实际上这个"神性"是中国文化中一个重要的维度，中国"中庸之道"讲"中"，"中"就是在天和地之间，而天和地之间就是人，其实中国文化里面，无论是儒家还是道家，其实有大量的关于人的清醒的自我认识。所以讨论这个，我觉得我们的问题，就是特别现代之后，在科学主义的指导下，人往往忘记了还有一个更高的存在，这也是海德格尔说的，一个更高的维度。人有了一种僭越感，所以人后来变得很狂妄，认为自己无所不能，对待自然也很粗暴，也没有一种清醒的自我认识，也没有一种感恩的心理，就会出现很多的问题，现代性的问题。所以现在很多人，包括海德格尔，对这个问题有所反思。于我而言，我比较注意这个问题，也不能说是有意识的追求，我觉得自己本身越是在不断的学习与领会中，越能感受这种保持人的自我认识的重要性。

吴投文： 在中国新诗史上，表现自然山水的诗作并不少见，也有以创作山水诗为特色的诗人，比如山东诗人孔孚，他的诗集《山水清音》《孔孚山水诗选》受到了读者的喜爱。你认为中国现代山水诗有什么特点？你的诗歌是否受到过中国现代山水诗的影响？

李少君：说到山水诗这个话题，我觉得现代山水诗的本质也还是视野与境界的问题，中国古代的山水诗也是如此。在中国的古典社会，魏晋、唐代的山水诗比较发达。到了唐代，因为社会开放，人们活动的范围越来越广，视野越来越开阔，山水诗的发达与中国传统诗学对境界的重视有一定的关系。"会当凌绝顶，一览众山小"，你看得越多，走得越多，视野与境界就会不断地提升。中国人对境界是看得很重要的，那么，境界是一个什么样的概念呢？"境"这个词最早是指音乐的停止之处，这是其最古老的意思，后来是作为"边境、边界、界限"的意思来理解，比如"国境"。但是到了佛教中，开始把"境"作为一种精神空间，唐代僧人圆晖有个说法"境，乃心之游履攀缘处"，意思就是指你的心的活动空间。在王国维这里，境界就变成了一个精神层次的概念，境界就是一个人的心灵品位精神等级。有大境界，才能有大诗人。而精神层次是不断自我超越的层次，是可以不断追求的。

一般而言，中国文化是一种自我超越的文化，因为我们没有外在的上帝、外在的神，没有这个外在的维度。我们是通过自我不断的修养、不断的学习，不断地提升自我的境界，来不断地认识世界、自己和他人。这符合人本身的发展规律。每个人都是从小学到中学，中学到大学，肯定视野是越来越开阔。当然，也有的人不求进步了，精神层次就会慢慢地衰落。如果你是一个不断追求进步、不断追求提升的人，你可以慢慢地达到类似冯友兰先生所说的"天地境界"，成为宇宙中的一员，"人与天地参"，"天人合一"，可以参与天地的创造。当然，只有极少的人才能达到这个境界，比如杜甫。天地境界是很有价值的，为什么呢？因为人的一生都在不断的追求中，也可能你的功业到这个程度，还没有达到你满意的状态，你就已经去世了，但是你的人生是在奋斗，你是充实的，你的人生是有意义的，你是幸福的，你是满足的。

吴投文：中国古代的"境界说"也影响到了现代山水诗。王国维论词，对这个理论作了总结。他说："词以境界为最上。有境界则自成高格，自有名句。"孔孚的山水诗就有境界，写得非常凝练，也有名句。

李少君：中国现代山水诗中，我对孔孚的诗没怎么读过，不是很了解，我也没有有意识地追求山水诗的写作。我更早是受中国古典诗歌的影响，从中国古典诗歌中得到启发。另外，可能存在主义之类的学说，在美学上对我产生过一定的影响。当然，在社会学层次上，马克思主义学说肯定对我产生过比较大的影响，存在主义对我的创作产生的影响主要体现在美学意义上。

存在主义与中国其实关系密切，为什么

中国容易接受存在主义的观点呢？人生的意义判断、价值判断，包括个人的价值，是根据你做过什么事，而不是根据你说过什么决定的。存在主义在某种意义上是一个行动的理论，与我们儒家学派的"知行合一"很相似。当然，你所做过的事包括很多方面，不是单一的，比如你的事业成就、社会影响、个人品质、创作成就，等等。人的一生处在一个不断的自我生成中，一种不断的自我选择之中，这与们所谓的不断实践、提高修养、自我超越很相似。

其实，我并没有一个明确的现代山水诗的概念，我更多的是受中国自然价值观的影响。而且，我一直有一个观点：中国古代诗歌为什么这么伟大？因为中国古代诗歌有一个传统，即文史哲合一。比如杜甫的诗歌，不仅仅只有文学性，我们为什么叫它"诗史"？因为它有历史性、历史感，同时它还包含很多的哲学意义、哲理在里面。这个是我们当代缺乏的。一般人把杜甫看作儒家的美学代言人。客观地讲，我们现在还没有一个诗人能够达到文史哲融合的境界，应该说，"五四"以来都没有过。在古代是有的，几位伟大的诗人达到了文史哲融合的境界，李白是道家美学的代言人，他就是一个道教徒，他的浪漫主义有道家美学的内核。王维是禅宗，他的山水诗具有禅宗意味。

我们现在的诗歌为什么不能像中国古代的诗歌产生那么大的影响？显而易见，读中国古代诗歌可以读到很多东西：第一，是它的情感；第二，是它的文学性；第三，是它的历史感；第四，是它的哲学意义。但是，我们现在的诗歌还是很单一，或者说，一位诗人有时候有点情感或感受，但是没有很深的哲学性，或者没有很深的历史感。这就不能成为某一个学说、某一种价值、某一种思想的代言者。我觉得，这是我们当代诗歌、当代文学的一种匮乏。

吴投文：作为一位诗人，实际上你的写作并未局限于诗歌，还出版了小说集《蓝吧》，写了大量的散文随笔和诗歌评论，好像在不同的阶段有所侧重。请谈谈你的小说创作，是怎么写起小说来了？

李少君：海南当时经过了一个大起大落，这个大起的过程我是亲身经历了的，我觉得以后可以写成一本很好的书。其实，关于我所经历的这个大起，很多事情我都写成了小说。当时我出过一本小说集《蓝吧》，也写过一个小长篇《我到底在哪里错过了你》，发在那个《特区文学》杂志上面，大概有九万字吧。这个小长篇记录了我当时经历的大起，但我写这个小长篇是在开始大落的过程中写的。当时海南的这个大起大落，大起的时候人特别多，全国各地的人蜂拥而至，我每天忙个不停，很多人来找我。我那时在《海南日报》，别人认为我来了就站稳了脚跟。很多人包括做生意的、找工作的，都来找我，还有一个好处就是在我这里可以得到信息，因为我是个记者，联系比较广嘛。

我印象中，海南应该1994年左右开始大落，当时全国进行金融调控、金融整顿，朱镕基总理亲自带队，整顿海南的金融。整顿到一个什么程度呢？我用一个数字就能说明，当时整顿海南金融的时候，光湖南省就撤了将近一半的地级市银行行长，他们把大量的资金弄到海南去搞投机了，比如投资房地产什么的。可见当时比较乱。从我个人的

诗歌维新：新时代之新

体会来说，突然之间朋友们一下子不见了，都走了，一下就变得很安静。面对大潮退去之后的安静，我有很多的感受、感想，我就开始写小说了。所以，在1994年、1995年，特别是1995年，我写了大量的小说。1996年、1997年，我一下在全国的刊物，包括《人民文学》《上海文学》《特区文学》《山花》等刊物上发表。我的印象中，一年就发了十几个中短篇小说。在这个写作过程中，我产生了很多人生的困惑和苦闷，一个年轻人经历一个高潮，突然跌落到一个低潮，心里落差很大。从这个时候开始，我对哲学产生了浓厚的兴趣，一方面，通过写小说让自己的情绪得到了一个排解，或者说是发泄和诉说。另一方面，开始寻找所谓的人生价值、人生意义。这个时候我正好接触到了几个在海南的哲学家，比如和张志扬就联系比较多。那个时候我比较系统地看了一些哲学书，非常多，包括我们现在还常常说起的萨特、海德格尔等人还有后现代的一些哲学家的哲学著作。虽然我在大学时也读过，但大学读的时候是草率地看过一遍。这个时候开始有了一些人生经历，就比较读得进去，跟以前读不一样，以前读是比较纯粹的学术性阅读，在自己经历了一个大起大落之后，就读进去了，有了自己的体会，包括张志扬本人的书，我基本上都看过。

吴投文：也请谈谈你的散文随笔写作。

李少君：韩少功在1995年底开始筹备《天涯》，1996年创办了《天涯》。因为他比较熟悉我的情况，就建议我兼个职。有一次，他问起我诗歌界的情况，因为我一直与诗歌界有联系，中间有一段时间写小说。现在回顾起来，在海南那个大起的阶段，我写了很多鼓吹性的文章，鼓吹新的白领文化，鼓吹所谓新的价值观，很有煽动力。实际上，我那时写的就相当于时评和随笔。当时，我开了几个报刊专栏，比如在《海南青年报》开过专栏。后来我出过一个随笔集《南部观察》，收录了发在这些报刊上的专栏文章。刚才说过，我的第一本书《岛》是张承志作的序，《南部观察》是韩少功帮我写的序，后来就再也没有找人写过序。

诗歌维新：新时代之新

到《天涯》之后，我开始对哲学、对思想感兴趣。这和刊物的定位有关。做《天涯》杂志要有思想、哲学方面的知识背景，要对这些熟悉才行，也要了解国内最新的思想动态、学术动态，所以当时我跟中国思想、文化、社会、人文学科这一块儿的人有广泛联系。当时我读的书非常广泛，经济学、法律、社会学的书我都读。胡塞尔、哈耶克、弗里德曼、布罗代尔、波伏娃、巴迪欧、朱苏力、汪晖、黄平、温铁军、刘禾、戴锦华等的书，我都读过。历史的书就不用说了。我经常开玩笑说，当时重点大学的文史哲方面的教授没有我不认识的，有的是见过面，有的是通过各种方式打过交道。包括北京大学召开核心价值观研讨会也请我参加，也做发言。后来哈佛大学燕京学社等也请我去参加过一些研讨会。还参加过"亚欧人民论坛""世界和平大会"一类的会，我每次都兴致勃勃，充满好奇心和激情，想去了解更多的知识、更多的国家和人民。那个阶段想起来很有活力，也充实，一是读书很多很杂，二是真去了不少地方，美国、德国、法国、印度、越南、菲律宾、比利时、斯里兰卡等，三四十个国家吧。我还写了不少读书笔记、思想随笔之类。

吴投文： 你的散文随笔主要发在哪些报刊上面？

李少君： 当时有个杂志《东方》，可能你不太了解，当时这个杂志很有影响。还有一个杂志《方法》，办的时间都不太长，两三年就停办了。另外还有《书屋》《文汇读书周报》《中华读书报》《南方周末》《文论报》，我都在上面发过随笔。在《文汇读书周报》上发得最多，一年发了将近二十篇。我那时可能写了两百篇左右的读书随笔，后来出了两本书《文化的附加值》《在自然的庙堂里》，有很多就是从这些报刊发的随笔里选的。但客观地讲，这些思想随笔相当于我当时阅读的札记，不太系统，我当时也没有什么学术野心，只是因为自己陷于困惑之中，就去阅读，读了之后有一些感受，我就把它记录下来。包括我当时写的经济学随笔，还有讨论法律问题、女性主义、女权主义问题的随笔，有一部分收录在《文化的附加值》里面。1990年代中期进行"人文精神大讨论"时，我也写了好几篇讨论文章。一度还被划为某个思想阵营。

你刚才说我的写作在不同的阶段有所侧重，实际上并不是有意这样的。按现在的说法，我是一个被问题意识引导的人，有什么问题我就去想解决什么问题，并不是事先有什么规划，并不是每个阶段有意有所侧重，而是一个自然而然的过程。所以，别人说我是一个"自然诗人"，包括我的为人也是这样。我做事情也是这么一种做法：只问耕耘，不问收获。这个事情要做，我会很认真地去做，但这个结果可能是不成功的，我也无所谓，因为我尽力了。曾经跟我同过事的人也说，李老师这个人挺好的，很多事情他也不是非得做，但是他会很认真地去做，最后没成功他也就算了。当然，能成功最好，但是很多事情也不是你个人的能力能左右的。

吴投文： 在你的系列理论文章《草根性与新诗的转型》《草根性与新世纪诗歌》《诗歌的草根性时代》《草根性：当代诗歌上升的动力》《关于诗歌"草根性"问题的札记》中，你提出了新诗的"草根性"这个重要命题，形成了一个"草根性"诗学的基本框架。你的这些文章眼界开阔，自成体系，对新世纪以来的诗歌状况有非常深入的观察和思考，从中可以发现新世纪诗歌在多元化的格局中所显露出来的强劲生长态势和其中隐含的危机。你还编选了《21世纪诗歌精选（第一辑）·草根诗歌特辑》等诗选，在实际操作层面为"草根性"写作推波助澜。你提出的"草根性"是否包含呼应新诗史上现实主义写作的意图？是否也包含了你对新世纪诗歌写作的某种预期？请谈谈。

李少君： 我写了几篇文章阐述"草根性"，已经说得相当清楚了。这个想法源于我对新诗史的整体观察，也源于新诗现状的触动和未来预期。我说的"草根"，是一个形象性的说法，更多是强调一种自然自由自发自觉的状态，强调立足于本土的原创性。面对被西方笼罩的当代诗歌状况，我们应该强调与中国本土对称的原创性写作，强调充满活力的写

诗歌维新：新时代之新

作。因此，"草根性"实际上包含四个维度：一、针对全球化，它强调本土性；二、针对西方化，它强调传统；三、针对观念写作，它强调经验感受；四、针对公共化，它强调个人性。"草根性"并非诗歌的最高标准，只不过是对新诗的一种基本要求而已，就像当年惠特曼等人为摆脱英国诗歌的羁绊而强调美国诗歌的原创性一样。在我看来，"草根性"是诗歌的本体艺术自觉的必然产物，就像唐诗、宋词、元曲、明清小说的发展历程，就是每当文学从高潮走向低潮，面临僵化、模式化、八股化时，文学的本体自觉就会使之重回起点，再度"草根化"，向下吸取地气，再度激活新的创造。

"草根性"既关联百年新诗的演变与发展历程，也关联新诗的现状与新诗发展的可能性路径：一、由于教育的普及，为新诗传播创造了极其有利的环境，新世纪以来兴起了一股新的"诗歌热"。这一次的"诗歌热"是从下而上起来的，有更广泛的公众基础，出现了大量的底层诗人，包括农民诗人、打工诗人。新诗历经百年，终于深入到了中国最底层。二、网络及手机的出现，为诗歌的自由创造和传播提供了技术条件，提供了一个更大的平台。在理论上讲，一个深处边缘乡村的诗人和北京、上海、纽约的诗人可以接收同样多的信息和观念，进行同样多的诗歌交流。一首优秀的诗歌也可以在一夜之间传遍全世界。多媒体为诗歌的写作与传播创造了一个新的契机，提供了更多的可能性。三、新诗百年也是一个不断积累发展的过程，思想上、技术上都有明显的变革，再加上开放与全球化背景，当代汉语诗歌在短短四十年中大量吸取、消化了中国古典诗歌、西方现代诗歌，百年新诗也真正形成了属于自身的传统，现在已到了一个由量变到质变的阶段。我提出"草根性"，主要还不在于呼应新诗史上的现实主义写作，但确实包含了对中国新诗发展的预期。

吴投文：目前口语诗写作有非常强劲的势头，尤其在网络上铺天盖地，但争议也很大，褒之者和贬之者针锋相对，很难进行对话。另一方面是诗歌的晦涩化，一些诗人把诗写得晦涩难懂，普通读者抱怨不知所云，可能也就失去了读诗的兴趣。批评家唐晓渡说，"诗歌发展至今，日渐清晰地呈现两种发展方向：艰涩化和口语化，艰涩化可以艰涩到令人望而生畏的地步，而口语化则可以口语到'口水化'的程度，令人吃惊于诗歌品质下降的加速度。"（《唐晓渡：诗歌精神就是关注我们自身的精神》）你如何看待这两种写作取向？

李少君： 关于诗歌的晦涩化与口语化问题，我觉得我们要回到"五四"这个起点去看，回顾一下胡适、陈独秀他们当时为什么反对清末时期已经僵死的文学，为什么要进行"文学革命"。其实，很大的一个问题是他们当时面临的问题跟我们现在面临的问题也很相似。陈独秀提出文学革命的"三大主义"，对整个封建旧文学宣战："曰推倒雕琢的阿谀的贵族文学，建设平易的抒情的国民文学；曰推倒陈腐的铺张的古典文学，建设新鲜的立诚的写实文学；曰推倒迂晦的艰涩的山林文学，建设明了的通俗的社会文学。"（《文学革命论》）随后钱玄同、刘半农等人也相继响应，"文学革命"形成了一定的声势。陈独秀反对贵族文学，提倡国民文学，这个任务我们现在也还没有完成，贵族文学也是我们要反对的，文学不能脱离大众；要反对山林文学，文学不能脱离现实，而要提倡社会文学，社会文学就是人生文学；还有一个是反对铺张的古典文学，提倡写实文学，主张现实主义。不管是当时还是现在，这些主张都具有现实意义。实际上，这也是我们现在的文学所面临的问题。文学永远是这样的，会从一个极端跳到另一个极端，到了一定的时候，我们又要开始反对另一个极端。可以说，中国当代文学四十年，也包括中国当代诗歌四十年，从早期和社会现实结合比较紧密，现在又开始到了一个象牙塔的阶段。现在一些诗人的写作有脱离社会现实的倾向，有些诗歌写得非常晦涩，这是不值得主张的，我们要从历史经验中吸取教训。早期新诗带有散文化、口语化的倾向，在艺术上确实存在不足，但也把诗歌从象牙塔中解放了出来，和现实、和大众有了更紧密的联系，无疑是可取的。

诗歌维新：新时代之新

吴投文：与上一个问题相关，是诗歌写作的难度问题，诗歌界也存在很大的争议。有的诗人甚至觉得这本身就是一个伪问题，没有讨论的必要，认为一首诗的价值来源于诗人的真诚，而非来源于诗歌的难度。另一种声音截然相反，认为难度是诗歌写作应有的品质。比如诗人王家新就说，"真正意义上的写作也是一件有'难度'的事情。难度愈大，这种写作也就可能愈有价值。杜甫的《秋兴八首》，就是自觉加大'写作的难度'的结果。"（木朵《"对个别的心灵讲话"——著名诗人王家新访谈录》）他还说，"那种没有难度的写作，在我看来几乎一钱不值。"你如何看待"写作的难度"？请具体谈谈。

李少君：我是这么理解的，写作的难度应该是自然达到的难度，如果是刻意达到的难度，其本身就是不真诚的。比如，杜甫诗歌的难度就是自然形成的，并不是他刻意去追求的。当你表达一种复杂精神状态的时候，你的修辞手法肯定也是要复杂的，所以，我觉得问题的核心是"修辞立其诚"，诚是核心，刻意追求的难度显得不真诚，离开了作者的本心，也就离开了写作的本质。

不管是以前在《天涯》，还是现在在《诗刊》，我对诗歌的第一判断，按照废名的说法：有没有诗意在里面？就是有没有可以打动你的东西。说到底，诗歌的难度还是要体现出情感的力度，要感人。不感人的诗歌，再有难度和复杂的技巧，也没有意义。说得难听一点，就是卖弄和炫技。当然，在诗歌表达的过程中，情感表达到什么程度，与修辞很有关系，要表达得充分，肯定要调动不同的修辞手段。当然这个"情"不能简单地理解就是情感而已，也可能是情绪，是感受、感觉，等等。

吴投文： 说到当前的诗歌批评，好像很多人都不满意，不少诗人也有牢骚，认为诗歌批评滞后于诗歌写作，或者认为诗歌批评与诗歌写作显得有隔。当然，批评家好像也不满意，认为当前的诗歌写作就是这样一个现状，他们的批评实践是对称于这个现状的。当前的诗歌批评队伍主要由两拨人组成：一拨是"诗人批评家"，如于坚、王家新、西川、欧阳江河、臧棣、姜涛等，你也是其中的一位；另一拨是"学院批评家"，人数很多，主要是大学里从事文学研究和教学的教授和博士，一般受过严格的学术训练。"诗人批评"与"学院批评"的主要差异是什么？在你看来，一个成熟的诗歌批评家应该具有哪些素养？

李少君：说到诗人批评家，这个话题很有意思。最近很多评论家开始写诗，包括你本人也写诗，形成了一种现象。有这么一个说法：因为评论家们对当下诗歌不太满意，所以自己动手写诗。我觉得这是有道理的，大家对当下的诗歌写作不太满意。反过来也有另外一种说法：因为理论实际上做不下去了，所以评论家们开始做感性、感动人的东西。这个也是有道理的。特别是新冠疫情发生之后，所有的理论都无法解释，失效了，你用任何一种理论解释当下，都是无法解释的。以前单纯的一套，左或者右的理论，对于当下都是无法解释的。这次疫情出现之后的很长一段时间，包括欧美哲学家都遭到了老百姓的嘲笑，很多人发表的言论都让人觉得很可笑，完全与老百姓的感受不一样。我觉得，我们开始又回到了一个感性的阶段，但感性的阶段经过一段时间的沉淀后，又会回到理性的阶段。我觉得，我们当下这个阶段的感受其实适合当下文学与诗歌的状态，面对疫情，你除了能表达感受，你还能干什么？无法从理论上去把握它。客观地讲，既有一定的独特感受，又有一定的哲学或者思想深度的诗人，有可能在这一阶段成为比较好的把握时代的创作者。这是有可能的，诗歌写作与诗歌评论都需要一种综合的素养。

吴投文：你长期从事编辑工作，在海南时担任《天涯》主编，现在是《诗刊》主编。《诗刊》在诗人和读者的心里都有很重要的位置，被看作"国刊"，在某种程度上起到了引领诗歌写作和阅读的作用。从你长期的编辑经验来看，好诗的标准是什么？这个问题实际上并不简单，往往过一段时间又被拿出来讨论,众说纷纭,莫衷一是,在各种歧异后面纠结着人们对新诗的复杂态度。我注意到,现在一些诗人和批评家提倡"好诗主义",认为诗歌作为一种具有审美理想的艺术形态,应该讲究艺术性。这本来是一个常识,却作为一个问题提了出来,这可能反映了对新诗写作的某种焦虑。也请你谈谈。

李少君: 作为《诗刊》来说,肯定要求比一般的刊物要高,作者要有一定的基础,也要有创新的意识。实际上,一首好诗离不开这两点。包括"青春诗会",对创新也是鼓励的。冯友兰在西南联大纪念碑的碑文里引用了《诗经》里的两句诗:"周虽旧邦,其命维新。"中国是一个既古又今,亦新亦旧的国家,周朝虽然是个旧邦,但是它的天命是维新的。中国文化对创新意识还是包容和鼓励的,这也是我们的文化传统,对创新是肯定的。诗歌写作的本质要求创新,单有青春期的激情还不行,还要有写作上的沉淀。真正伟大的诗歌往往是诗人中年以后才创作出的。海子的诗歌永远是"青春诗",他还不能叫一个伟大的诗人,可以说是天才般的诗人,但还很难说他伟大,因为他没写出过像杜甫那样的诗歌,他的诗歌是一种"青春诗"。对于年轻诗人的肯定,包括大家对"青春诗会"的肯定，也是肯定青春代表着创新，代表着活力，实际上是对创新与活力的肯定。一首好诗是多种因素构成的一个综合体，应该包含创新的因素，也要体现出创作的活力。一位诗人没有创新意识，没有创作活力，只知道因袭传统，或跟在国外的写作潮流后面亦步亦趋，或满足于自我重复，那是没有出路的。

吴投文：很多人都相信这样一个说法，认为诗歌是青年人的事业，诗歌写作本身是内含青春性的。可能诗歌写作与年龄并没有必然的联系，实际上也没有文学史的充分依据，但作为一种发展态势来看，青年人到底是诗歌写作的后备军和主力军，是诗歌文化的传承者。《诗刊》一向重视青年诗人的培养，如定期主办"青春诗会"等品牌性活动，你担任《诗刊》主编之后，也采取了很多措施扶植和推进青年诗人的写作。请你谈谈当前青年诗人的写作。

诗歌维新：新时代之新

李少君：新一代青年诗人，我觉得他们有个特点，就是他们普遍完成了充分的高等教育，受教育的程度很高。他们诗歌创作中的语言文字、修辞角度都是做得很好的，他们缺少的是人生的体验。可能他们写出真正优秀的作品，要到他们有了较为充分的人生经验之后。我年轻的时候也是这样。我开始写小说，是在有了大量的人生经验之后，这样我才能写出小说来。我们经常说小说要写好，必须有一定的人生经验才能写好。对于诗，青春诗中有一种纯粹的抒情也能打动人，但是要成为一个伟大的诗人，还是要有深刻的人生体验。现在青年诗人的起点，或者说他们的素养比前几代都强，但是还有待他们积累丰富的人生经验，才能达到一定的高度。

吴投文：自新诗兴起之后，旧体诗词写作基本告别了主流文化舞台，很长时间主要作为一种个人喜好处于"潜在写作"的状态，终结了其"古典时代"的荣耀。近些年来，社会上兴起了大规模的旧体诗词创作热。据一个统计，说是写旧体诗词写作的人超过了写新诗的人。这只是一个大致的估计，不一定准确，但也可能说明了一个问题，旧体诗词是有根的。《中华诗词》《中华辞赋》等专门性刊物集结了大批颇有造诣的旧体诗词写作者，起到了推波助澜的作用。另一方面，这也从一个侧面反映了新诗的某种处境，新诗可能仍然缺乏广泛的文化认同。随之，当代旧体诗词入史的问题也被提出来了，旧体诗词要在中国当代文学史中占一席之地，甚至要与新诗平分秋色。这在学术界引起了很大的争议，赞成的和反对的当然都有一大堆理由。你如何看待这个问题？请谈谈。

李少君：关于新诗、旧诗的问题，现在确实成了一个话题。旧体诗现在又开始热起来了，为什么呢？这些年兴起了国学热，很多"90后"青年诗人的旧体诗写得很好，人数也非常多。大学里面也有旧体诗社，像武汉大学的春英诗社，全是写旧体诗的，非常活跃，也获了很多奖，"中华好诗词"冠亚军都是武汉大学的学生诗人。诗词是中国文化的一个基因，我们不能脱离这个基因。五四早期新诗的很多诗人想推

诗歌维新：新时代之新

倒旧诗，完全创新，实际上是不可能的。反而新诗中包含了这个基因，作品是相对成功的，卞之琳就比较典型。客观来说，卞之琳虽然写的新诗不多，但他的一些新诗现在成了"经典"。我经常说，卞之琳的《断章》和任何唐诗宋词放在一起都不差。穆旦的诗就没那么好，他的诗有开阔性，对很多人也有启迪，但没有经典诗作。穆旦的诗不过是精在语言上面，比如《冬》这样的诗，仔细看还是太简单了，也不是说不好，但"我爱在淡淡的太阳短命的日子"，跟歌词差不多，不够经典。当然，穆旦对整个新诗的启发还是很大的，他是一个重要的诗人。卞之琳的《断章》，即使过了五百年、一千年，还能经得起考验，无论修辞、语言、所表达的感受性、浓缩度都是很好的。但是，把穆旦《赞美》这样的诗和李白的诗放在一起，还是没有可比性。我觉得过于西化的诗人，包括穆旦在内，他们可能忽略了诗词是中华文化的基因，脱离了自身文化的基因去寻找完全新的东西，这是有问题的。卞之琳这一点保存得比较好。还有艾青，他有他的开创性，他的诗中也保留了中华文化的基因。所以，相对来说，艾青也经受住了历史的考验。虽然穆旦有段时间很火，但现在他的影响力明显不如以前了。艾青、卞之琳都经受了历史的考验。艾青有一段时间对朦胧诗有一点反感,很多人不理解。现在看起来,艾青还是比他同时代的那些诗人强。我曾和张清华、西渡有过一次讨论,我们都认为,最后真正算得上大诗人的还是艾青。郭沫若的诗有开创意义,但他的诗歌语言很经典吗?新诗史的一些问题现在大家还说不清楚,值得思考。

吴投文:你认为成为一个诗人最重要的才能是什么?我对这个问题比较感兴趣,我对接受访谈的诗人,几乎都问了这个问题。请你也谈谈。

李少君:简单地说,我觉得有两点,一是深情,一是敏感。我觉得,诗歌是一种"情学","情"是诗歌的初心、诗歌的根基,没有"情"就写不出来,一定要有深情。敏感就是对万事万物有细察,有眷怀,不隔膜,深入其里。我不知道别人怎样,我的体会就

诗歌维新：新时代之新

是每次出去走，都能在自然中得到启发。这符合我早期的诗歌理想，我一定要走出去才能写出诗来，我不出门就写不出来。在家里看书，可能会提高修养，但是写不出来，可是出去走，在路上碰到什么可能打动我的事物，就可以写出诗来。所以，我能理解为什么灵感是在路上得到的，不是说埋头在书斋里面就能得到的。深情和敏感也是一种能力，对写诗特别重要。

吴投文：新诗从1917年诞生至今，经历了整整一个世纪的发展历程，社会公众在谈到新诗的前景时，一般并不乐观，这与诗人的看法有比较大的差异。你如何看待百年新诗取得的成就？怎样看待新诗的发展前景？请谈谈。

李少君：说到百年新诗的成就，我觉得可能到了真正喷发的前期，有点像初唐到盛唐的中间，也可能是盛唐的前期，也可能还没到。我觉得是这样的。为什么我有这样的判断呢？我们当代还很难说有李白、杜甫那样的大诗人，李白、杜甫那样的大诗人能处理好任何题材。现在我们认为王维是山水诗人，但他边塞诗也写得很好，表现出英雄气概。但我们现在没有这样的诗人，我们很多诗人，他在某方面可能很独特，有他的创作个性，比如雷平阳的叙事诗很好，但其他的方面怎么样呢？还很难说。还有的诗人，可能写口语诗没问题，但那种美学化一点的诗他就写不出来。中国古典时期的诗人，尤其是李白杜甫那一代诗人，都有宏大的综合能力，各种题材都能处理到位。

包括"草根性"，其实在理论上我并不是要呼应现实主义。我是觉得中国新诗早期受外来观念的影响过于明显，是一种外来的东西，一定要把住中国本土的文化根性才行。我理解的草根性是与本土化联系在一起的。中国新诗明显受了西方的影响，像胡适早年是翻译出身，受这个影响产生了自由诗，因此自由诗在中国土地上开始时是没有根基的。慢慢地随着不断的教育、不断的传承，新诗也就慢慢有了根基，这个根基最典型的形态就是它的"草根化"。像余秀华这样的农民都能写出好诗，表明新诗已经完成了"草根化"阶段，下一阶段应该是向上超越的阶段。

吴投文：你认为中国新诗大致可以分为几个阶段？

李少君： 我把中国新诗分成三个阶段：第一个阶段是向外学习，表现为"横向移植"，民族化的内涵比较欠缺；第二个阶段是寻找，寻找我们自身的传统，表现为文化自觉；第三个阶段就是要向下，充分挖掘和完成"草根化"，但最高的阶段是向上的，表现为自我超越。只有完成这一阶段，才能完成新诗的伟大使命，或者说，这么一个轮回就是实现中国诗歌的复兴。余秀华、李松山两个农民都能写出这么好的诗，怎么能说新诗不被广大人民所接受呢？这就证明了，能被广大人民接受的诗，就是好诗。当然，余秀华、李松山的诗还不是最好的，但已经不错了，应该多多出现比他们更好的，被更广泛的读者接受的作品。到了那时，中国诗歌可能就到了一个伟大的时代。我认为是这样的。但是，就目前这个阶段而言，可能还没有到达。

附录

以诗歌为"方法",勘世界与人心

◇ 李云雷

2020年伊始,中国与世界便遭遇了新冠肺炎疫情,人类社会面临着重大危机。疫情尚未过去,冷战结束以来所形成的世界秩序正在悄然发生变化。这是中国自改革开放以来所没有遇到过的重大变化,将会深刻地影响我们每一个人的生活,以及我们的日常感知、情感结构与思维方法。我们似

诗歌维新：新时代之新

乎又来到了一个新的历史关口，不得不重新面对和思考"中国向何处去，世界向何处去"等重要问题。当此之时，诗歌何为，诗人何为？我们诗人是否可以发出自己的声音，而又如何发出自己的声音？

一

当时代发生变化时，诗人作为最敏感的人群，总是能领风气之先，为我们传达出特定时代的情绪、氛围与精神。中国新诗自发生以来，我们可以从胡适、郭沫若、艾青、穆旦、贺敬之、北岛、海子等诗人的诗歌中，感知到时代气息的敏锐变化。但自 80 年代以来，从"三个崛起"开始，我们的诗学大多在诗歌内部讨论问题，而较少关注诗歌与时代、社会与世界的联系。面对世界出乎意料的发展与变化，我们往往不知所措，不知道该不该发声，以什么样的姿态发声。这与我们缺乏相关知识有关，更重要的是在既有的思维惯性之中，我们甚至不会意识到这种缺失。

新时期以来，诗歌界重要的论题与论争如"诗到语言为止""日常生活""下半身写作""民间写作与知识分子写作"等，受到文艺界整体思潮——文学的"主体性""向内转""写什么"与"怎么写"等的影响，主要讨论语言、形式、技艺等诗歌内部问题。90年代以来，诗歌界流派纷纭，众声喧哗，涌现出了不少优秀的诗人和诗歌，但在这个时代，我们更多的是将诗歌作为"目的"来追求，以诗的完成为最终目的，而不是将之作为一种"方法"，以更深入地理解或进入世界。正如"汝果欲学诗，工夫在诗外"所揭示的那样，二者之间有着微妙的区别又有着辩证的联系。

以诗歌为"目的"，那最终的追求就是创作出优秀的诗歌，什么诗歌是最优秀的呢？当然是西方现代经典和中国古代经典，我们按照这些经典的语言、感觉与技艺创作，是否也能创作出经典之作呢？答案自然是否定

诗歌维新：新时代之新

的，以这样的方式只能创作出模仿、借鉴的二三流作品，而不能成为真正的经典，作为学徒期的练笔尚可，但并不足以成为优秀诗人。以诗歌为"方法"，就是将诗歌作为深入世界、时代、生活乃至自我意识的一种方式，或者说暂时将"诗歌"悬置起来，投入到生活中去，投入到对世界的观察与思考中去，在生命体验与内心感触累积到一定程度，不得不发的时候，再发而为诗，诗在这里只是表达内心体验的形式之一，只有这样的诗才是真实、真挚、真切的，所以历史上有人虽不以诗人名世，但他们偶然吟诵的几句，却也以其真挚动人而流传千古，如项羽的《垓下歌》、刘邦的《大风歌》以及荆轲的《易水歌》，这些诗歌短短数句，千载而下，仍能令人想见其风貌。鲁迅的《野草》虽无意为诗，但其中生命的挣扎、反噬及其抑扬顿挫的节奏感，反而创造了诗歌的一种新形式。但复杂之处在于，对于诗人来说，仅仅依靠生命体验而缺乏诗歌技艺的训练，也无法持续创作出优秀作品，所以诗歌作为"方法"的另一层含义，在于从方法层面锻炼诗歌的技艺，以"语言的炼金术"将复杂幽微的体验或想象以精确的方式表达出来，我们既要学习经典，又不要拘泥于经典，而要自出机杼、别出心裁，杜甫既有"转益多师是汝师"的技艺，又有长安道上颠沛流离的深切体验，再加之他个人的艺术创造，才能成为集大成的诗人。

诗歌是我们认识与理解世界的方法之一，也是我们与他人建立情感、精神联系的方式之一，那些伟大的诗歌总是能写出潜藏在每个人心中的集体无意识，塑造出特定的情感结构、感觉方式与思维方法，通过诗歌，我们凝结成情感与精神的共同体，辨认彼此，并共同面对世界的变化与人世间复杂难言的体验。《毛诗·大序》中言："诗者，志之所之也。在心为志，发言为诗。情动于中而形于言，言之不足故嗟叹之，嗟叹之不足故永歌之，永歌之不足，不知手之舞之，足之蹈之也。"在这个意义上，诗歌是表达个人情感与志向的方法之一，也是我们面对世界的方式之一，而一个诗人的价值就在于将人人心中所有的情绪、思绪，以特定的形式凝聚在一起。

诗 歌 维 新：新 时 代 之 新

二

如果我们认可上述诗学观念，需要对新时期以来的重要诗学观念做出反思与辨析，"反思"并不是简单地走向其反面，而是在一种新的视野与更高的思想层面把握概念及其对立面，从而开拓出新的思想空间，为新的诗歌探索开辟道路，比如我们反思"语言"并不是说语言不重要，让诗歌语言更接地气，更具及物性，更能容纳当代中国人的经验与情感。类似这样的诗学概念有很多，我们在这里仅以"语言""主体性""日常生活"为例，对之做出简单的辨析。

"语言"是新时期以来重要的诗学概念之一，也有人用"汉语""现代汉语""现代汉语诗歌"等。朦胧诗最初便以语言的陌生化与新鲜感，对诗歌界及公众产生了巨大的思想冲击，其后的"第三代""知识分子写作""民间派"等诗人群体，也都从不同方向与角度对语言做出了探索，不少优秀诗人形成了个人的语言风格与诗歌风格。但对语言的过分重视也产生了两种不良的倾向：一是过于雕琢，或生造词汇，或句式复杂，有的甚至像中国人写的翻译诗，令人不知所云；二是过于俚俗，或趣味低下，或肉麻无聊，有的甚至像随机分行的文字，让人莫名其妙。我们并不反对口语入诗或借鉴西方现代经典，这都是有益的探索，但我们不能将探索失败的作品视为优秀之作，而应对之做出具体分析。从更高的层面来说，"语言"只是优秀诗歌的必要条件之一，有好的语言并不一定会有优秀的诗歌。在中国诗歌史上，南北朝的沈约、谢朓等受佛经翻译影响，发现了汉语平上去入的"四声"并将之引入诗歌，初唐的沈佺期和宋之问使五律更趋精密，完全定型，又使七律体制开始规范化，他们对汉语诗歌语言的贡献与影响是巨大的，但他们在诗歌史上的地位却无法与李白、杜甫、王维等人相提并论，没有沈约、谢朓、沈佺期、宋之问等人对汉语诗歌的探索与发现，不会有李白、杜甫、王维诗歌的辉煌。但仅仅有这些重要

诗歌维新：新时代之新

发现，也不足以使他们成为李白、杜甫与王维，说到底语言只是优秀诗歌的基础，除了语言之外，思想深度、艺术造诣、诗歌所达到的境界及其风格，甚至诗人的人格也是评判诗歌是否优秀的重要因素。但新时期以来我们过于重视语言，而忽略了其他因素的重要性，仅仅在语言、形式等方面探索，而忽略了语言与生活世界的有机联系，因而出现了语言的"空转"、不及物等现象，甚至出现了一种特有的诗歌腔调，以一种疏离的、外在的、把玩的态度观察世界，安排语言与节奏，形成一种旁观的流行诗歌语调。这种诗歌语调的流行既抹杀了诗人的个性，也阻碍了诗歌与生活世界的联系，更失去了直抵人心的力量。

"主体性"也是新时期重要的理论概念。主体性理论在 80 年代曾产生极大的影响，但此后对于个人、文学、诗歌的"主体性"的强调逐渐趋于另一个极端，而"主体性"

也被阐释为一个孤立、封闭的空间，在其视野中，诗歌似乎只是诗人个人天才、灵感的神秘产物，而与社会和历史无关。这种对诗人、诗歌的浪漫主义想象曾在诗歌界与社会上流行一时，但在新的理论视野中，"主体性"不是封闭的、孤立的，而应该是开放的、运动的，作为诗歌创作主体的诗人是处于一定生产关系与社会关系中的"个人"，是社会整体的一分子。我们的诗人只有清醒地意识到这一点，才能将个人的生命经验相对化、陌生化，才能将个人的"主体性"向其他个人、其他社会阶层敞开，才能在与时代经验的融合中生成一种新的"主体性"，这就是鲁迅说的"无穷的远方，无数的人们，都与我有关"。

"日常生活"是90年代以来常用的诗学概念，对"日常生活"的发掘与呈现也是90年代以来诗歌的重要成就之一。"日常生活"作为一个诗学命题的提出，对此前遮蔽日常生活的种种政治、经济、文化话语具有一种祛魅作用，在政治生活、经济生活等公共生活之外，人们发现了更具基础性，更有私人性，而且谁都离不开的"日常生活"。这一发现为诗歌表现领域提供了一块新大陆，"日常生活"相对于公共生活、时代生活有其私人性、日常性，有时更接近生活乃至

诗歌维新：新时代之新

生命的本质，但也有其理论与实践上的局限性。其一在于"日常生活"与创作主体的个人生活密切相关，而创作者往往是中产阶级以上群体之一员，其对个人生活的展示便带有中产阶级的趣味与美学，但这种生活与美学并不具有普遍性，而不少创作者对此并没有清醒的意识；其二在于中国一直处于飞速发展剧烈变化之中，即使同一个人，其80年代、90年代、新世纪最初十年、现在的"日常生活"也往往是不同的，如果将某一时期的"日常生活"抽象化与固定化，便无以窥见时代最核心的秘密，无以呈现时代变化所造成的"日常生活"的变化，及其所带来的情感、心灵等内心构造的改变。

类似这样的诗歌观念还有不少，需要做出细致的辨析。我们需要走出新时期诗歌美学的规则与潜规则，为新诗的发展探索新的空间。新时期诗歌曾产生极大的影响，但在新的理论视野来看，其美学规则是"西方化""精英化""形式化"的，我曾在《新时代诗歌要有新气象》一文中做出初步思考，我们需要重新审视新时期以来的诗歌观念，重新理解其所构造的一系列二元对立，在新的思想坐标中做出新的思考。

三

那么我们需要什么样的诗歌与诗歌美学呢？在我看来，我们的诗歌要表达出当代中国人的经验、情感与内心世界，要走在时代前沿，勘探世界和人心的变化，要在新的历史境遇中创造出新的诗歌美学。

诗歌来源于生活，而不是来源于对经典的模仿，这应该是一个常识。但在新时期以来的语境中，西方现代经典与中国古代经典两大传统却为当代诗人带来了难以摆脱的阴影与焦虑。我们应该意识到，那些经典只是过去的诗人面对生活的感觉、思考之结晶，我们的时代已经与 19 世纪、20 世纪的西方大不相同了，也与中国的唐朝、宋朝相去甚远。我们这个时代不断涌现的新经验、新现象、新问题，那些经典诗人无法看到也难以

诗歌维新：新时代之新

体验，相对于仅仅迷恋他们的技艺而不能自拔，更重要的可能是学习他们面对时代的态度，他们进入世界的方式，他们如何将特定时空中的生活、情感凝聚升华为诗歌经典。诗歌是我们表达情感与想法的方式，是我们的歌哭，是我们的倾诉与交流，我们歌哭的方式固然可以借鉴前人，但更重要的是来自心底的触动、波动与感动，只要能表达出我们的经验、情感与思想，我们大可不必在乎写的是否像西方现代或中国古代经典。我们时代的经验与历史上的经验不同，我们时代的经典自然也会与过去的经典不同，我们可以不依傍前人与古人而自成"经典"，或者更确切地说，我们只有不依傍前人与古人，才能最终成就经典。

诗歌要走在时代前沿并不容易，需要诗人具有历史感与时代感，具有对时代的变化及其未来趋向的敏锐感觉与把握。我们所处的时代并不容易把握，改革开放 40 年来，中国一直处于飞速发展之中，世界也处于剧烈变化之中。在这个时代，我们需要从对"语言""主体性""日常生活"的关注中抽身出来，需要超越自我与他者、中国与西方、传统与现代、个人叙事与宏大叙事等一系列二元对立，重新关注人类的命运。20世纪不少西方诗歌大师都曾在他们的时代思考人类的命运，他们或具有宗教背景，或具有现代主义风格，但大多带有西方中心主义的色彩，无法将中国纳入人类命运的整体之中思考。而20世纪的中国诗人，或深陷于苦难中国的经验之中，或深陷于革命中国的激情之中，或深陷于对西方大师的膜拜之中，多不具备国际视野和人类意识，在面对西方世界时，更多强调的是个人体验与中国经验的特殊性。但在我们这个时代则完全不同，在全球化时代，中国不仅在经济上与世界已联结为一体，而且伴随着中国经济的崛起，中国人的文化自觉与自信也更加强烈。中国人在思考人类的命运时，必然会带来与西方不同的视角，相对于西方，中国的传统文化与社会主义制度无疑是异质性因素，而这则构成了我们理解世界的基点。近代以来我们深受西方文化的影响，汲取了西方文化的丰富营养，不少西方文化已内化为现代中国文化的一部分，我们对西方文化的认识、理解之深

诗歌维新：新时代之新

度与广度，要远远大于西方对中国文化的认识与理解，这为我们思考人类的命运提供了更为宽广的视野与更为扎实的知识基础。在这个时代，我们可以以诗歌为方法，重建我们的世界图景，重新讲述人类的处境与命运。

新的历史境遇可遇而不可求，但我们这个时代却为我们提供了新的历史境遇。工业时代的美学不同于农业时代，同样信息化时代的美学也必将不同于工业时代，但对于当代中国来说，一个特殊的境遇是，农业时代的经验、工业时代的经验以及信息化时代的经验，被极大地压缩在一个特定的时空中。在我们的社会中，既有飞速发展甚至在某些领域领先世界的信息技术与产业，也有门类齐全、独立完整的现代工业体系，更有源远流长的传统农耕文明。中国的现代化是西方数百年现代化进程的压缩，现在不仅存在着传统社会与现代社会的矛盾，也存在着工业社会与后工业社会的矛盾，在诗歌美学上也是如此。我们的诗歌中既有怀恋乡土的乡愁，也有置身当代都市的生存焦虑，更面临着许多前人没有遇到过的新现象与新问题，比如 AI 写诗，新媒体的崛起等等，这些混杂着农耕文明的挽歌、当代都市审美现代性、后工业社会心灵碎片等各种风格的极端状态，是人类史上前所未有的美学奇观，再加之新冠疫情的巨大冲击和影响，其间的矛盾、混乱与相互冲撞，超出了任何一种既有的诗歌理论或诗歌美学，而这则蕴含着新的诗歌美学诞生的萌芽与契机。对于我们来说，或许重要的不是发明一种新的理论或美学为之命名，而是摒弃既有的理论框架，对纷纭复杂的诗歌与诗歌现象做出细致分析，并以前瞻性眼光培育新的诗歌美学的生长，而溶解在新的诗歌中的时代奥秘，将是我们理解世界和人心最新变化的重要方法与途径。

（李云雷，中国作家协会《小说选刊》副主编）

诗歌维新：新时代之新

重启一种"对话式"的诗歌写作

◇ 杨庆祥

一
从一个诗歌事件谈起

我想从一个事件开始这篇文章，这个事件就是这几天媒体和诗歌界都在热议的余秀华。2014年12月17日诗刊社和中国人民大学文学院联合举行"日常生活，惊心动魄"

底层诗人朗诵会的时候，余秀华还仅仅是作为五个诗人之一来朗诵她的诗歌。虽然当时她的诗歌在微信朋友圈里已有传播，但直至沈睿和沈浩波的介入并发生论争之后，余秀华才可以被称之为一个事件。这几天，仅仅我个人就接受了三四家大媒体的采访，《北京青年报》的艺评版整版刊发了三篇文章，一些并非以文化见长的媒体如《解放日报》居然以要闻版来报道余秀华，更不要说在微信朋友圈里面专业或者非专业的讨论。自1999年"盘峰论争"以来，这也许是最热闹的一次诗歌事件——相比于"盘峰论争"的圈子化，这一次似乎有更多的公众借助自媒体的便利参与进来，在这个意义上，它的影响其实更广泛。这一事件究竟意味着什么？目前来看，这一事件在多个层面上呈现其意义，其一是作为一个媒体狂欢的事件，自媒体首先发声，然后主要的纸媒和官媒跟进。媒体对余秀华以及诗歌的传播起到了积极的作用，但媒体天然的猎奇和倾诉对象决定了它们更关注的是一些奇观化的东西，比如身份，比如生理疾患等能够激发大众好奇心和同情心之类的表面化的东西。其二是作为一个文化事件，因为女权学者沈睿的介入，尤其因为沈睿特殊的身份。熟悉的人都知道，她不仅仅是一位身在美国的华裔女权主义学者，同时也是80年代现代主义诗歌运动的亲历者甚至是参与者。这种多重的身份决定了她的发言有其独特的视角和价值，其实细读沈睿的文章会发现，余秀华只是被沈睿所征用的一个案例，这个案例恰好符合沈睿对中国当代诗歌和中国当代诗人，尤其是男性诗人的"偏见"。在这个意义上，沈睿的问题带有预设性，与此同时，余秀华及其诗歌也被"预设"。因此，我也觉得沈浩波从诗歌技巧出发的发言和沈睿其实不在一个问题视域内，他们的辩论缺乏对话的前提，其实是在各自预设的问题和审美中自说自话，沈睿偏执于一种女权主义的审美，而沈浩波，则偏执于一种现代主义高峰时期的现代派审美。在我看来，作为媒体事件的余秀华和作为文化事件的余秀华都显示出了当下中国文化某一方面的症候性。但我觉得这些似乎都比较"隔"，并没有真正抵达问题的本质。在我个人看来，重要的不是媒体事件或者文化事件，这些恰恰稀释了余秀华作为一个真正事件的可能性和活力。我的意思是，余秀华只能而且必须作为一个"诗歌事件"，才能构建起有生产性的意义。

这个意义的要点在于，这一诗歌事件给我们提供了一个认识的契机，即，应该重建诗歌与"真"的关系，我在给《北京青年报》的《余秀华：独自面对命运》一文中已经提到了这一点:"她的诗歌不过是她对无常命运的痛苦回应,它最初和最高的美学都是'真'。它恰好挑战了我们时代的流行美学——在景观和符号的堆砌中越来越假的美学。这是余秀华让我们惊讶的地方。在这个"真"面前,对其诗歌进行艺术上的挑刺和指责都可能只是一种美学的傲慢,它当然有道理,但并没有深刻的说服力。一个拥有读写能力和精神景深的人大声地呼唤爱情、诅咒命运甚至是发泄情绪,这是一种具有原初创造性的力量,这种发自生命内部的真诚的写作,在我们这个彬彬有礼且充满了腐朽道德气息的时代,不是太多,而是太少了。"我更想引申来谈的是,这种"真"关涉到一个诗歌的秘密原则,即诗歌只有真实地面对命运,并与命运建立起有效的关联,诗歌才能够感动人心,才能够以最个人化的方式参与到时代情绪中。从中国现代诗歌的发生,一直到80年代的"朦胧诗"新诗潮,几乎每个真正进入历史的诗歌事件，都证明了这一点。诗歌要真正成为一个民族的精神记忆，它必须和个人的命运、家国的命运有效的勾连起来。这个勾连如何才能发生？我觉得首要的一点就是——"真"。不是屈从于那些虚无的宏大叙事，也不是个人的梦呓和独语，而是真实地面对命运这"臭名昭著"魔鬼，去勇于冒犯、侵犯既定的秩序和法则。我一直认为真正的现代美学精神就是冒犯，现代诗歌写作在反对既有美学规则的意义上说是一种不安全的写作，当我们对命运闭上眼睛，假装生活在一种非常安全的生活和安全的语言中的时候，我们一方面失去了对命运真实的感受，与此同时，我们也就失去了真正有创造力的诗歌。非常有意思的是诗刊社在最早推介余秀华的诗歌的时候，用的标题是《摇摇晃晃的人间》，这个标题如此醒目和直接地指出了余秀华诗歌中的命运密码——不安全的命运和不安全的人生。在这样的书写和创造中,现代诗歌再一次显示了其赋魅的功能,并在大众的想象中激发了一种命运的庄严感。

正是从这个意义上来说,作为一个诗歌事件的余秀华重新激活了现代诗歌的本质性的力量,并将诗歌变成了一个具有"重启"功能的强大钥匙。

我记得 2014 年 3 月的时候,昆明火车站发生了暴力袭击事件,当天晚上,当我看到死亡人数不断飙升的时候,我特别想念一位作家,就是张承志。如果我们对他当年的《心灵史》作为一个"事件"有更深入的认知和讨论,也许今天我们对这一类事件的理解就不会仅仅停留在媒体化的表面和意识形态的宣传中,而是有可能会深入到问题的肌理,更好地触碰到历史和人性的节点。所以"事件"一旦对历史构成了"重启",就不应该被轻易地稀释掉,而应该被更深入地讨论和清理。

诗歌维新：新时代之新

二
反思现代主义诗歌遗产

如何重启中国现代诗歌的新可能？不但需要重建诗歌与真的关系，重新理解诗歌和诗人的命运感。还有一个工作也必须提上日程，那就是对80年代以来建立起来的现代主义诗学进行有效的反思。仅仅从"朦胧诗"算起，现代主义诗歌也已经有三十年多年的历史，其中经历了不同的发展变化。朦胧诗运动、第三代诗歌、90年代知识分子与民间的论争等构成了其三个重要的关节点。如果站在21世纪第一个十年的时间节点上，应该如何理解这三十年现代主义诗歌的经验或者遗产？这当然是一个大课题，我在此仅仅指出一点，将现代主义诗歌理解为一种"遗产"，意味着有一种总结和终结的双重含义。

总结当然指的是对前此三十年历史经验的总结，而终结意味着，这种总结不是简单的罗列成绩、继承和因袭，而是将现代主义诗歌遗产理解为一种更"负面"的东西，从而建立起反思的起点和支点。目前的小说写作也同样面临这个问题，一方面是无法摆脱"伤痕小说"的叙事模式，另外一方面是过于沉迷于先锋小说的经验，这是整个文学（文化）制度和文化环境的使然。

具体就现代主义诗歌来说，反思至少应该从以下几点出发。第一，反思所谓的"诗到语言为止"的观念。作为"第三代诗歌"最经典的观念陈述，"诗到语言为止"表明了"第三代诗歌"对"朦胧诗"的宏大叙事和浪漫主义的拒绝，并试图通过强调语言的维度建立起真正的现代表达。在 80 年代，这一提法具有积极的超越性作用。但有意思的是，这一观念在具体的写作实践中被一部分诗人严重窄化为一种口语写作，在其最不能"诗歌化"的实践中甚至成为一种"口水式的"伪诗歌写作。第二，出于对这种口语化的不满，另一部分诗人则强调语言的修辞性，并形成了影响深远的修辞至上主义和好诗主义。正如诗人陈先发在《黑池坝笔记》中所言的"过度让位于修辞，是这一代人的通病"。90 年代末，已经有人意识到了"诗到语言为止"本身的局限性,高行健和杨炼在《漂泊使我们获得了什么》的对话中曾谈到这个问题,在他们看来,语言并非抽象性的概念,也并非一个普遍的虚指,语言必须落实到具体的语境和历史中才能呈现其意义。高行健说:"我们也要玩语言,但玩语言不是目的,而是要表述某种旧有的语言无法表述的东西。如果离开这个方向去玩语言,你的语言游戏可以交给计算机,制作成各种程序。对人类现代生存的状况,或现代人感受、感知的方式,你如果找不到自己独特的语言去作独特的表述的话,所谓'现代性'都是空谈。"这其实是一个常识性的问题,语言并不能先在于人的存在,而恰好是人存在的一种历史性的陈述,人借语言得以呈现并建构自我,语言本身的发展如果脱离了这个历史的范畴,语言就会陷入无意义的自动繁殖。在我看来,口语写作和修辞至上主义在当下几乎成了一种无意识的诗歌观念,其自动性不再指向真实的经验和个人遭遇——也就是,不再指向于命运,在这样的写作中,语言实际上是不在场的。

第三个需要反思的观念就是经验主义,更具体来说可概括为"诗到经验为止"。诗歌当然和经验密切相关,但是在

90年代以来的现代主义诗歌写作中，这一经验被设定为非常狭窄的、日常生活化的私人经验。与90年代小说界的"私人写作"同构，这些写作所呈现出来的"经验"呼应了全球市场经济对单原子个人的规划，并满足了对所谓"自由表达"和"先锋姿态"的想象。但其造成的后果同样令人不安，因为对社会和历史刻意的疏离和拒绝，经验的陈述不得不依附于个人的"官能性"呈现出一种贫乏的"个人"。从这个角度看，所谓的真正的个人也是不在场的。

诗歌写作中的语言主义和经验主义仅仅作如此反思还稍微不够，需要作更深远的历史回溯。"五四"以来，整个中国的现代文化其实有一个个人化的规划方案，鲁迅在《文化偏至论》中提出的"掊物质而张灵明，任个性而排众数"就是这一方案的文学性表达。追求一种现代意义上的个人可以说是中国现代化的一个核心命题。但这一方案在中国现代史中一再受挫，首先是启蒙让位于革命，然后是集体主义对个人主义持续的批评乃至最后完全的征用。在这样的文化语境中，敏感的作家和诗人于是设置了两个抵抗点，一是用语言建构个人，一是以经验建构个人，其实最后的目的，都是为了抵抗那种来自意识形态和集体主义的倾轧。如果将这种现代个人用一个人称来指代，毫无疑问就是"我"——现代意义上的主体；与此相对的，则是一个带有复数性质的指称——"我们"。"我"和"我们"的关系，构成了现代文学和现代诗歌中最纠缠的问题之一。在20世纪50年代，这种纠缠最典型的特征被反映到诗歌里面，胡风在其政治抒情长诗《时间开始了》里面提出了这一问题，具有主观战斗精神的个人现在何去何从呢？"我"在"我们"之中还是在"我们"之外？而另外一位诗人何其芳则直接干脆地回答了这一问题，在《回答》这首诗中，他说：幸福应该属于全体劳动者。

法国哲学家阿兰·巴丢在讨论20世纪的主体哲学时用大篇幅来讨论了这个问题，非常有意思的是，他使用的案例是两位诗人以及他们的诗歌，一位是法国诗人圣琼·佩斯以及他的诗歌《远征》。另一位是德语诗人保罗·策兰以及他的诗歌《远征》，通过分析这两首同名诗歌，阿兰·巴丢极其深刻地指出：在圣琼·佩斯的《远征》中，"我"和"我们"是完全同一的，并且有一种高度友爱的原则；而在保罗·策兰的诗中"和在贝克特的散文中一样，那里不再有'我'或者'我们'，有的只是一个从路中穿过的声音"。因此，阿兰·巴丢说："70年代末以后，这个世纪留给我们这样一个问题，在一个没有理想的'我'，不能用一个主体来概括的'我们'意味着什么？"这个问题如果逆转一下对本文讨论的问题更加有效：如果没有一个理想的"我们"，"我"究竟意味着什么？

诗歌，尤其是现代主义诗歌，必须有"我"，这已经成了一种陈规式的设定。但正如阿兰·巴丢所尖锐质疑的，如果割裂了"我"和"我们"的有机关系，这个"我"还有创造性吗？他真的能代表"我们"吗？这也许是现代主义诗歌面临的最大的合法化危机。而要破除这个危机，就必须重新理解"我"

和"我们"之间的关系，不能因为"我们"不够理想或者我们曾经以各种主义之名对"我"实施了压迫，就不承认这个"我们"的存在或者彻底割裂这两者的联系，从而让现代主义诗歌写作变成了一个内循环的，拥有虚假的个人主体和语言能指游戏。这是一种写作和思考上的惰性，这种惰性的蔓延，让我们当下的诗歌写作没有力量。

三
从对抗式写作到对话式写作

以"诗歌事件"为历史开启的契机，反思80年代以来的现代主义诗歌遗产，重新在"我"和"我们"之间建立有机的联系。我们不仅要重建诗歌与命运之间的关系，同时也要重建诗歌中的"一"与"多"的辩证关系。"一"就是一种非此即彼，一种对抗性的写作，这一写作模式是由"朦胧诗"和"伤痕文学"所奠定的，第三代诗歌试图反对这种写作，但结果却将这种写作模式更加内在化。不过是将对抗对象由具体的意识形态变成了抽象的社会历史。而"多"则意味着一种多重的、复杂的结构性关系,对自我、世界和他者的多重想象和多重书写,这是一种对话式的写作。在某种意义上说,类似于利奥塔所谓的"对话哲学",在利奥塔看来,只有通过"对话",才能摆脱现代主义"一极化"的危机。

在这样的脉络和问题视域里,根据我个人的观察,21世纪近十年的写作(包括小说、诗歌和当代艺术)都发生了有意味的变化,即由对抗式写作向对话式写作的转变。为了论述的方便,我冒着简单化的危险罗列例证如下。

第一类写作指向一种与历史的对话。代表作有杨键的《哭庙》(2013年)、西川的《万寿》(2012年)等。这两部作品都是长诗,前者由800多首短诗组成,并试图在历史的框架中将其整合。就我个人的阅读观感而言,杨键没有简单停留在对历史的道德批判上,而是试图通过对话来建构一种悲悯的美学观，并与其王道理想相呼应。西川在《万寿》，中则呈现了一种多维的历史观念，并将对历史内在肌理的观照与对语言冒险探索有效地结合在一起。不管怎么样说，这种对话的出发点都值得尊重。特别值得一提的还有沈浩波的《蝴蝶》（2010），我不清楚沈浩波是否意识到了他也在和历史进行对话，但作品的第50页有一句类似于"诗眼"的提示："这就是我所必然经过或者虽然不能经过／但却必然是属于我的历史百科全书。"一个以"下半身"写作为口号的诗人，突然意识到了只有将"个人"置于"自我的历史百科全书"才可能获得真正的生长，没有什么比这一点更能证明"对话式写作"在当下的必要性和重要性。和历史对话，不管这个历史是家国史、经验史、生活史还是性史，都意味着以一种更严肃的态度去延续文脉，厘清个我。

第二类指向一种与哲学的对话。这里的

哲学，并非指向严格意义上的以西方经院哲学为基础的概念逻辑范畴，而更多地指向一种本土化的，具有交融意味的哲学智慧和精神意境。此类的代表作有李少君的《自然集》（2014）和陈先发的《黑池坝笔记》（2014）。李少君这些年一直致力于山水诗歌美学，我们知道，在中国的古典诗歌传统中，山水一直代表着一种独有的人生态度和精神境界。在李少君的诗歌中，可以看到道的智慧和"万物皆备于我"的心学传统。比如一首《南渡江》：

每天，我都会驱车去看一眼南渡江
有时，仅仅是为了知道晨曦中的南渡江
与夕阳西下的南渡江有无变化
或者，烟雨朦胧中的南渡江
与月光下的南渡江有什么不同

看了又怎么样？
看了，心情就会好一点点

陈先发的《黑池坝笔记》如果说是一部哲学笔记，似乎

诗歌维新：新时代之新

也完全说得通，陈先发以片断化的叙述方式，呈现其对于语言、经验、修辞以及哲学本体的全面认知。我在网上看到一篇文章，大意是批评陈先发的这种"哲学"没有严密的逻辑体系，属于"旁门左道"。但是在我看来，如果陈先发真要像一个哲学家那样去建立一套逻辑的体系，倒是无趣了。正是这种看起来零碎的、片断的、有点禅宗公案式的表达构建了陈先发的对话方式，他也因此突破了现代诗歌主义因为严重程序化而失去的创造性。陈先发在《黑池坝笔记》中的第九三八段如此言说：

下午。漫长的书房。我在酣睡。而那些紧闭的旧书中有人醒着，在那时的树下、在那时的庭院里、在那时的雨中颤抖着。一些插图中绘着头盖骨。那些头盖骨中回响的乡愁，仍是今天我们的乡愁。

我在古老的方法中睡去。

永恒，不过是我的一个瞌睡。

无论是与历史对话，还是与哲学对话，都要归结到当下的现实中来。在中国的当代写作中，现实因为"现实主义"

而"恶名昭彰"。对现实主义的拒绝构成了80年代以来中国当代写作的主要美学倾向。但问题在于,无论怎样回避这个问题,诗歌写作和其他写作一样,也不得不面对这个最基本也是最终极的问题。因此,如何以一种深度的、具有审美远景和精神景深的现实去抵抗那种肤浅的、平面化的、缺乏内在性的"伪现实"成为当下诗歌写作的另外一个课题。在欧阳江河的《凤凰》(2012)和雷平阳的《渡口》(2014)等作品中,可以看到这种努力的实践。现实并非日常生活,而恰好是被日常生活遮蔽的那一部分。在《凤凰》中,现实是一个被"资本的铁流"重组的庞然大物,它构成了强大的剥削和压迫体系;而在《渡口》中,现实则是一场个人的历险和传奇,在犯罪、醉酒和死亡中呈现着复杂的人性。这两首诗都指向鲜活的当下,并且揭开了那层温情脉脉、貌似安全的日常生活的秩序,让我们看到了一个立体化的现实。在这个意义上,诗歌恢复了其作为一种"综合性"表征我们的时代症候和精神层次的艺术形式,而不仅仅作为一种语言艺术或者个人抒怀。

当阿兰·巴丢在20世纪90年代末试图来描述20世纪的历史和思想的时候,他首先想到的,是俄国诗人曼德尔施塔姆的一首诗《世纪》，因为这首诗真正以诗歌的形式内化了20世纪的诸多症候：历史的、哲学的和现实的。这是一首真正的对话式的诗歌。我期待在未来我们讨论中国甚至全球的21世纪的时候，也能从一首诗歌开始。能以一首真正的诗歌来称量一个世纪的重量，是一件多么值得憧憬之事啊。

（杨庆祥，中国人民大学文学院副院长，教授，博士生导师。）

时代之新与诗歌之新

◇ 李　壮

一百年前,胡适在《文学改良刍议》中写道:"文学者,随时代而变迁者也。一时代有一时代之文学……今日之中国,当造今日之文学。"这里的"今日",固然是指1917年的"今日",但同样可作用于2018年的"今日"——因为"一时代有一时代之文学",此理百年皆同。在此意义上,"新文学"及"新诗"的概念,不仅仅意味着文学史中一连串的静态事件或经典形象,它同时隐喻

诗歌维新：新时代之新

了一个延绵而动态的过程。对文学而言，"新"恰恰应是一种"常"的状态——这正是百年新诗留给我们的最重要的精神财富之一。回到当下语境中来。习近平总书记在十九大报告中指出："经过长期努力，中国特色社会主义进入了新时代，这是我国发展新的历史方位。"这样一个新的历史方位，既是政治话语对社会历史发展的宏观概括总结，同时也内蕴着具体经验及文学感知的丰富含义。从物质生活到精神处境，从社会内部结构到全球文化视野，我们可以从不同的角度强烈地感受到时代之"新"。并且，这些新的内容、新的变化，原本便已真切地存在于我们的身边，如今随着"新时代"的统一赋名而被集中凸显了出来。诗人们是否能意识到、敏锐于、表达出这个新的时代？我们的诗歌写作，在观念、技术甚至材料的层面，是否已做好了充足的准备，来进入这时代之"新"？这些，都是诗歌需要面对和思考的问题，因为"新"本身固然是线性时间观的产物，但对"新"的应对，却又是诗歌超验生命力的题中应有之义。

如果说，从总体上讲，时代之新与诗歌之新的碰撞结合，凸显出一种极富生长力的观念和不可或缺的价值，那么，在文本内部的诸多层面，这种碰撞结合同样显示出丰富的可能性乃至必要性。首先,它意味着诗歌写作的"经验之新"。我们今天面对着无比新鲜而丰盛的生活经验,与此同时,我们也不得不承认,这些经验中有非常大的一部分,其实还没有被我们的诗歌写作充分捕捉。当一样事物,始终没有在诗的意义上被"赋名"、没有在诗歌的意象谱系中获取合法席位,那么它就还没有真正进入我们时代的审美记忆。我们曾熟稔于歌颂麦子,但如何去写沙县小吃和麦当劳?我们善于慨叹滔滔江河之水,那么能否对着不锈钢水龙头写出名篇?与此类似,地铁屏蔽门、智能手机、外卖摩托车……这些我们早已习以为常的事物,是否已真正进入了诗歌的世界?当一种经验不曾以诗歌(或广义的文学艺术)的形式得到提纯,并赋予全新的震惊,那么这种经验,恐怕就还难以称为充分地同我们的精神世界融为一体。因此,新时代的诗歌需要克服僵硬的观念和美学的惰性,不断寻找书写表现的新的对象、

诗歌维新：新时代之新

观看和介入世界的新的方式、消化当下经验的新的美学器官。在近些年来的诗歌写作图景中，我们已经看到了诸多类似的尝试，感受到了写作者面向全新经验不断打开自我的勇气和意识。这种尝试理应走得更远、挖得更深，并在此基础上产生出一批当代诗歌的经典之作。美国诗人路易斯·辛普森说，"美国诗歌需要一个强大的胃，可以消化橡皮、煤、铀和月亮。"对中国当下诗歌来说，这样的胃同样重要。

其次，在"经验之新"以外，我们也在期待着新时代诗歌的"视野之新"。在过去相当长一段时间内，我们都已习惯了某种个体色彩浓郁、关注日常生活的诗歌写作语境。这样的语境本身并没有问题，它为我们培育出了大量优秀的文本和正面的价值。但随着诗歌写作的不断发展，由此而生的某些副作用同样值得我们反思：例如对琐屑经验的过度纠缠、情感模式的同质化、总体性视野的缺失、价值内核的空心化，等等。诚然，当代社会带有总体想象破碎、经验碎片化、个体意识高度觉醒等特征，但这并不必然地构成诗歌自我关闭、视野萎缩的理由。我们期待着更开阔、更深邃的诗歌视野和精神格局。有关"新时代"的意识之中，恰恰隐含着大的视域、大的眼光。其对历史进程的判断、介入世界格局的意识、对中国社会状况的总体把握，都可以转化为诗歌写作的营养，能够丰富诗歌的主题范畴并拓宽诗歌的内在格局。

此外，诗歌作为一门技艺，同样有着对"表达之新"的要求。新诗百年，诗歌的修辞技术持续进步、理论资源越发丰富、诗歌理念不断更迭，至于今日，应当有继续乃至加速的发展。今天，中国经济发展成绩显著、国民精神生活需求不断提升，诗歌的创作及传播在政策扶持、读者基础、社会认同等多个层面都处在积极环境之中，我们可以期待诗歌抵达新的技术高度、提供新的有效表达，进而提供对时代的全新想象方式、对身处新时代之中的自我的新的体认途径。与此相关，我们也会对此种环境里成长起来的年轻诗人抱有期待，也即"写作者之新"：他们接受过更系统的诗歌教育、对写作和生活拥有更当下性的观念、对我们所身处的全新时代有着更本能的认知和更深切的认同。这一切，都是诗歌力量生长的契机。我们将真诚地期待这种时代之新与诗歌之新的碰撞结合：因为真正伟大的诗人，注定要与自己的时代发生千丝万缕、复杂深刻的关联；而真正伟大的时代，也总是值得在诗歌之中，建立起自身更长久的形象。

（李壮，中国作家协会创作研究部助理研究员）

需要一种力量帮助我们凝视大地与天空
——论主题创作与时代精神

◇ 刘诗宇

一
作为"难题"与"主题"的时代精神

在肉体的意义上,我们应该是我们自己时代的公民(在这种事情上我们其实没有选择)。但是在精神的意义上,哲学家和有想象力的作家的特权与责任,恰是摆脱特定民族及特定时代的束缚,成为真正意义上的一切时代的同代人。

——席勒

我们这个送外卖不像你们想的那样,送完一单才来下一单,我们这通常都是好几个单子一起来……店家打电话催,客人打电话催,开始停下来接电话解释。一个电话接一个电话。十多分钟。我没能走一步。后来逼得我一边骑车一边接电话。最后摔了,一箱子餐都赔了。

——某外卖送餐员

今天的文学创作与阅读中,存在着巨大的缝隙与错位。

一方面如席勒所说,很多作家在追求超越时代,与时代的主流话语保持距离,在永恒中实现文学性;另一方面大多数读者,与有可能成为读者的人,正身处送餐员表现出的典型生存境地中,忙于生活、自顾不暇,没有能力和意愿思考永恒。

这一境况在不断的发展中又出现了另一重变形。对于不少创作者而言，创作确实有可能脱离某种作为机制存在的时代，或作为文化场域存在的空间，但与此同时却脱离不了创作者自己的人生，以及这段人生存在的"狭小"空间。于是"超越"变成了"脱节"。而对于读者与潜在读者来说，他们发现了更加契合自身需要的精神生活形式，例如影视剧、互联网短视频、电子游戏等，并渐渐形成新的习惯，此时文学阅读的意义与价值渐渐"模糊"，人们渐渐地"离开"了文学。

话分两头，上述列举的创作者或读者并无"以偏概全"之意，他们都是总体中的部分情况，只是这种部分情况已经多到无法忽视，深刻地影响了当代文学场域的总体面貌。新形式与原文学读者之间的"契合"关系，也并不意味着孰优孰劣，但这种"契合"中存在无法忽视的合理性与趋势。文学创作者与读者分离之时，有的人认为在这个时代文学理应"小众"，背后的意思不难理解，在精英化的立场中,文学要强化对文学性、艺术性的追求,同时因为回避读者和市场的需求和考验,拥有个人化的自由。应该有相当数量的作家、作品秉持这样的思想,以推动文学形式、技巧、内容向着更丰富的方向发展。但文学作品的存在并不是自在自为的,作者、文本、传播、读者形成着闭环,"小众"不仅是一种状态更是一种趋势,它很有可能意味着文学的社会影响、读者数量一路缩减,直至闭环分崩离析。除非未来文学的生产与传播方式在新的社会形态、技术条件下出现颠覆性变化,这种情况大概率意味着文学走向衰落。

并且,在席勒的时代,类似送餐员所处的阶层,可能识字都成问题,更遑论读书。所以席勒大可以谈论作家是"所有时代的同代人",而不顾及是否与社会底层同行;但是在今天的中国,义务教育的普及使几乎所有人都具备了文学阅读的能力,绝大多数创作者都不能也不应该对其视若无睹。今天我们很高兴地看到，有些作家与读者形成了非常良好的契合关系，他们相互支持、相互需要；而对于那些相互背离的作者与读者来说，中间存在的问题就是作者和读者如何理解"时代精神"与文学的关系。时代精神是个既实又虚的概念，它是一个时代理性、道德、文化共同形成的氛围，是人们对当下与过去差异的理解，是人们对未来将通向何处的体认与想象。它是许多作家想超越，却又根本无从把握的。同时它也是很多读者想了解，却从当下文学创作中看不到的。

在正式讨论当下主题创作与时代精神的关系之前，必须要对时代精神与文学之间的关系有简要、明晰的梳理。"文变染乎世情"，诗经楚辞、唐诗宋词元曲，或唐传奇、宋元话本、明清小说等优秀的古典文学中都留存着宝贵的时代精神。诸如诗经中的风雅精神，杜甫对社会和政治的批判与同情，或《金瓶梅》对市民社会的描写等等，都让后来的人能有机会一睹过去时代的面貌，并从中看到彼时与今日的种种差别。像屈原的"天问"、李白的"盛唐气象"、李商隐的"晚唐气象"也有鲜明的时代精神气息，但与前面的例子相比，作者与时代精神的关系却值得思考，他们的创作是时代的产物，他们笔下的情感与意象凝缩了对时代的理解，但相比于追求艺术性，时代精神似乎不是他们的第一诉求。

通过对文学史进行梳理，就能发现文学作品和时代精神之间的关系有"主动"与"被动"之分，但即便是"被动"的作品，也是体现了时代精神的。今天的文学创作也是如此，无论作者的主观意愿是什么，过上三五百年，他们的作品在未来人眼中都是体现着今日之时代精神的。但是本文想讨论的，也是主题创作要推动的，是时代精神的"主动"呈现。这里的时代精神对当代读者而言是可感、有效的，而并不一定在后世读者的纵向比较中才浮现。

回顾历史时，我们很容易可以发现，那些"主动"呈现时代精神，又能被我们记住的作品，大多是具有"批判性"的，风雅精神、杜甫或《金瓶梅》莫不如此。那种"肯定性"的对时代精神的主动呈现，在现代以来才表现得较为明显——过去的历朝历代，也会有"官方"推动的大规模文学创作，汉大赋等都是如此，但现代以来，尤其是抗日战争以来，由中国共产党领导的文艺创作模式，是今天的我们更加熟悉的。

至于对人民群众，对人民的劳动和斗争，对人民的军队，人民的政党，我们当然应该赞扬。人民也有缺点的，无产阶级中还有许多人保留着小资产阶级的思想，农民和城市小资产阶级都有落后的思想，这些就是他们在斗争中的负担，我们应该长期地耐心地教育他们，帮助他们摆脱其背上的包袱，使他们能够大踏步地前进。他们在斗争中已经改造或正在改造自己，我们的文艺应该描写他们的这个改造过程，而不应该只看到片面就去错误地讥笑他们，甚至敌视他们。我们所写的东西，应该是使他们团结，使他们进步，使他们同心同德，向前奋斗，去掉落后的东西，发扬革命的东西，而决不是相反。

——毛泽东《在延安文艺座谈会上的讲话》

从抗战时期中华全国文艺界抗敌协会到延安文艺，解放区文艺也注重批判性，但与此同时格外强调对官方肯定的进步性力量的肯定与赞扬。解放区文艺的特殊性在于，它

诗歌维新：新时代之新

的接受目标是人民大众，这就和古代的诗词歌赋有了明显差别，并且解放区文艺对文学体裁的应用是全方面的，对小说、戏剧等叙事性艺术也极为重视；另一方面延安文艺排斥"市场"与"消费"，这又让它与中国古代或西方市民社会中的叙事艺术相区别，体现出了一种"先锋性"。解放区文艺延续到中华人民共和国成立后成为文坛主流，"三红一创，青山保林"等革命历史题材、社会主义现实主义题材小说，以及郭小川、贺敬之、闻捷等人的政治抒情诗等尝试以文学的形式进入主流意识形态的建构过程中，呈现、营造出独特的时代精神。

20世纪七八十年代之交，在对"现代化"的追求中文学创作进入"新时期"。批判性的时代精神呈现浮出水面，与五十至70年代的肯定性创作共同汇聚成了时代精神的两副面孔。但值得一提的是，对时代精神的肯定性呈现与主动性呈现，在作家的选择上出现了重叠，作家在对主流政治保持批判的同时，也几乎放弃了主动的、对当下时代精神的呈现。叙事文学中从寻根文学到先锋文学再到新历史小说、新现实小说，诗歌从"朦胧诗"到"第三代诗歌"，文学在思想性、形式感、技术性上的迅速"迭代"，充分体现了 20 世纪八九十年代求新求变的时代精神，但沿用上文的论述，这一时期文学作品对时代精神的呈现更多带有"被动"成分，而非通过与当下现实有直接关联的人物、情节、主题去呈现与营造时代精神。

进入 20 世纪 90 年代后情况又有新变，在文学与主动性呈现时代精神疏离的同时，国家经济发展中出现的危机与新质、世界政治环境的剧变、传媒技术进入新状态，让人们的精神世界、世界观、价值观、人生观以及中国社会的运转方式都出现了很大改变。不夸张地说，除了一小部分作家仍能保持对时代精神的敏感认知，大多数作家都或多或少对现实错愕与回避并存。新写实主义小说在文学史上产生了深刻的影响，但是它们对现实的呈现，已经收缩到了一个相当小的范围里。而 80 年代通过寻根、先锋文学创作在文坛声名鹊起的一众创作者，在现实主义的转向中几乎全部铩羽而归，他们的作品在处理 90 年代社会现实时无不遭受巨大争议。

诗歌维新：新时代之新

作家在主观上不愿再回到 20 世纪 50 年代至 70 年代的创作轨道上，客观上对日常生活之外，社会的深层运行机制以及近一二十年的社会历史没有充分了解。文学与时代精神之间的裂隙在主观与客观层面全都存在，必须有新的力量重新介入，才可能弥合二者之间的裂隙，"主题创作"作为一种具有社会主义特色的文学生产行为，就凸显出了它格外重大的意义。

二
诗歌与当下的时代精神

那是太阳的船只，月亮船只

载不动，酸甜苦辣的厚重日子

谁能掰开小小一滴水倾听大悲大喜

——《黄河诗篇》

2021 年，为庆祝中国共产党成立 100 周年，纪录中国共产党建党百年尤其是新时代以来党带领全国人民取得的辉煌成就，中国作家协会组织了"百年路·新征程"诗歌创作工程。本文尝试以其中的文本为例，分析诗歌类主题创作与时代精神之间的关系，以及主题创作取得的成绩、存在的问题以及未来的可能性空间。

自从20世纪三四十年代开始，中国共产党在领导、推动文学创作时就将小说、戏剧等叙事为主的艺术形式放在很重要的位置上，以加强与人民大众的联系。过去由士大夫等精英阶层创作的诗词歌赋，经历五四时期的新诗革命，又近一步与墙头诗、传单诗这样的形式结合，诗歌的传播功能在增强，创作的技巧和阅读的难度则向浅显方向发展。新中国成立后，郭小川、贺敬之、闻捷等诗人的政治抒情诗为新诗发展掀起一波新的高潮，但这一时期的诗歌创作更多因为主题的集中、情感的热烈而在文学史上体现出了特殊性，而其艺术性是有待商榷的。与此同时，报告文学、通讯等文学体裁在主题创作中显示出了愈加重要的地位与作用。但应该注意的是，诗歌在传递时代精神的层面有着不可替代的作用。

文学"主动"体现、塑造时代精神的方式大致有两种。第一种方式是"讲故事"，通过特定的人物形象的命运、故事情节背后的逻辑，来呈现特定的时代事件、生活状态、社会关系以及由其孕育的性格、心理、人生观、世界观、价值观；第二种方式则是"抒情"，通过意象、词句来营造氛围，通过被重复吟咏来凝聚共情，传达思想与情感。前者说的主要是小说、戏剧、影视剧等，后者则是诗歌。

你读过黄河之源幽静涓滴开头
读过黄河入海口浩渺的结尾
此处应是跌宕章节，流经家国的
大河啊，曾是一道泪痕，一个
饱受欺侮的民族水写的传记

叙事性体裁的阅读过程中，读者总是在作者与文本之外的"观看者"；而在诗歌中，读者则直接是作者对话的对象，甚至可以直接带入抒情主人公的位置。小说中，以"你"为主人公的作品大多带有形式上的实验性质，但对类似曹宇翔《黄河诗篇》这样的作品来说，直接让"你"入诗则是很容易被人接受的处理方式。在小说等体裁中，主人公往往是作者精心设定的产物，因而未必具有普适性，但在诗中，一切读者皆可入诗。

"百年路·新征程"诗歌创作工程中曹宇翔的《黄河诗篇》、龚学敏的《大江》、高鹏程的《蔚蓝》、陈勇的《大道阳关》、王自亮的《长江九章》、谈雅丽的《青春：湘江北去》都以黄河、长江、阳关、海上丝绸之路等自然空间为核心意象，在它们经历的岁月长河中，寻找中华民族的精神，定位中国共产党领导下中国道路的历史位置。这些诗的开篇都将大化小，比如《黄河诗篇》开篇是黄河起点处雪山化水，抽象为世界屋檐尖端的滴水；《长江九章》也写"一只雪豹"

看到"一滴水坠落成一条江"的奇迹;《蔚蓝》的开头是海上丝绸之路的蔚蓝,与"一小片青花瓷"上的蓝同色;《大道阳关》写西出阳关先要经过的是"羌笛的气孔""胡琴的弓弦"。诗人们的选择可谓"不约而同",无论是屋檐、落水、青花瓷还是羌笛胡琴都是日常可见之物,归根结底是为了与诗歌面前作为读者的那个"你"对位。人很难在未亲眼见到的情况下,对时间与空间上千万倍于自己的存在产生概念,而诗人们使用的这些"小意象",都是为了让读者入诗,让读者变成时空间意义上的"巨人",或将名山大川、江河湖海变成"袖珍山水",让时代精神能在与读者相对平等的位置上寻找传递的入口。

> 这古老的歌谣曾经放牧着一个东方民族对于大海
> 所有的想象
> 失血的音符历尽沧桑
> ……
> 那是怎样的一条丝线?它串着瘦小的驼铃和马灯
> 穿越了瀚海大漠和浩渺汪洋
> 穿越了五千年漫漫时光

附 录

　　"百年路·新征程"诗歌创作工程中的作品，一半写历史一半写现实，解释现实问题，尤其离不开对历史的交待。这里又要谈到诗歌之于主题创作的意义，对于历史的记录和阐释，早有历史学家的著作汗牛充栋，但这些对于大众来说往往是"无意义"的——并非质疑历史研究的价值，而是对那些疲于奔命、无法也不能长时间集中注意力于生计之外者来说，这些研究与他们的生活就像平行线永不交叉。那么如何让普通人也有机会理解历史，进而更好地理解现实？人们发明了很多方式，其中文学就是最行之有效的办法之一，而诗歌又展现出独特的作用。

　　诗歌强调传达情感，在人们对民族、国家的历史的理解中，也伴随着情感倾向。如果历史学著作只重视表现作者个人立场与态度，难免被称为不严谨、缺乏科学精神，但诗歌却可以简单直接，甚至不无"偏颇"或"片面"地吟咏历史——相对历史本身的丰富无边而言。就像上面列举到的高鹏程的《蔚蓝》，在从驼铃、马灯上的孔窍，到沙漠、大海，再到五千年的巧妙腾挪中，我们只需要有一些基本的甚至是模糊的历史常识，就能从诗人的词句中感受到中华文明的悠久和沧桑，进而对今天得来不易的生活有更深层次的认识。

与《蔚蓝》异曲同工的是刘立云的《志愿军》。该如何呈现旷日持久、尸山血海、综合了复杂的地缘政治、影响了未来数十年国际局势的朝鲜战争？在诗人笔下，一切化繁为简，我们感受到的只是中国人民志愿军过硬的军事素养、顽强的斗志、坚定的信念。

> 也是一支军队在跑，一个国家和民族在跑
> 天太黑了，是伸手不见五指的那种黑
> 天地一片混沌的那种黑
> 奔跑的人
> 从未到过这里，从未见过这里的山脉和森林
> 河流和村庄。他们只能借助指南针
> 借助雪地微弱的反光
> 朝一个方向跑；只能在奔跑中传达命令

附录

> 清点和收拢人数；在奔跑中
> 吃饭、喝水；在奔跑中
> 万般无奈身不由己地打一个盹
> 常常是上一脚
> 踩进梦里，下一脚必须从梦里迅速拔出来
> 否则就会掉队，就会落入
> 万劫不复的深渊

一个在行军中忍不住打盹、又惊醒的细节，几乎道尽了中国军人面对的艰难困苦。随着影像技术发展，大量战争片中四处横飞的鲜血和断肢已经麻木了人们的感觉，这些元素从图像回到文字，其中蕴含的震撼感觉更是被"降维"。因此正面描写战争对于诗歌而言绝非"上策"，就像诗人们要让山水缩小以与读者对位，《志愿军》中诗人也要将体验还原到最基本的、每个读者都能有共情的衣食住行、坐卧寝食上，读诗者才能与那个时代、那些宏大场面建立起精神联系。这种呈现对于历史学

诗歌维新：新时代之新

研究著作肯定是不足够的，但在文学尤其是诗歌中却是最行之有效的办法。

类似刘立云的《志愿军》、刘笑伟的《坐上高铁，去看青春的中国》、胡丘陵的《历程》、王二冬的《飞驰吧，青春中国》、孙凤山的《中国红船与中国长度》、谈雅丽的《青春：湘江北去》等诗作中，都写到了中国共产党历史中的"有名者"与"无名者"。这些与今天隔着几十年甚至百年的精神与事迹，看上去离今天的时代精神似乎有些"远"，但其实从历史的延续性上看，这些正是构成今天时代精神关键部分的重要元素。正是因为有在北伐战争、抗战、抗美援朝、社会主义建设中拼搏付出的前人，才有今天在脱贫攻坚、全面小康、乡村振兴以及工业生产、科技创新中默默奉献的人们。

> 我想写下目不识丁的金忠品
> 写下他举家外出务工的坎坷与勇气
> 我想写下年迈体衰的李家英
> 写下这个平凡母亲面朝黄土的疲惫与坚韧
> 我想写下身残志坚的张德才
> 写下他用断臂驾驶拖拉机的娴熟与无奈

> 我想写下大地上的花鹿坪村
> 写下她1893户6426人的奋斗史
> 我还想写下脱贫攻坚战场上
> 每一个佝偻的身影，写下他们重新挺直脊梁时
> 骨头里发出的响声

王单单的《花鹿坪手记》一经面世就大受好评，这次诗歌创作工程中的《在飞机上俯瞰花鹿坪》也是同题创作，写诗人自己深入脱贫攻坚一线的经历和感受。很多人认为谈及诗歌主题创作，20世纪五六十年代的政治抒情诗强于今日的原因在于展现出了极强的历史参与感，能让人感受到诗人不仅是历史的记录者，更是历史主体的一部分。王单单的诗之所以动人也正在于此，有了第一手的亲身经历，诗人不必声嘶力竭、浓墨重彩，就可以在平淡与朴素中完成抒情与言志，进而让读者也仿佛身临其境感受时代发生的巨大变化，看到变化背后作为历史主体的"人"的喜怒哀乐。

从这个角度看，对于今天大多数生活在城市的、诗歌的读者与潜在读者来说，阅读正面书写当下时代精神的诗歌作品，本质上也是一个"认知过程"。随着社会分工细化，各

诗歌维新：新时代之新

阶层、职业内部人生经历趋同，社交媒体、信息平台发展加快，人们大多习惯了通过种种"信息"来了解世界。此时像王单单这样，有第一手相关经验的诗人的创作就显得意义非凡。事实上这也正是主题创作的特殊意义，行政力量、资金的介入与支持，能让更多作家有接触生活、深入生活的机会。然而，生活是无边无际的，我们不可能指望创作者将所有事情都经历一遍，然后才像写作"回忆录"般娓娓道来，这是不现实也不符合文学创作规律的。我们必须要去寻找一种"有迹可循"的"虚构"，一种能承托现实又不使创作者被个体经验局限的创作方式。

龙小龙的《以追光者的名义》、王二冬的《飞驰吧，青春中国》、宁明的《致敬，大国重器》、艾诺依的《所有未曾相遇的日子》等诗作展示了一种可能性。《以追光者的名义》中，作者将光伏产业中的多晶硅生产写成了一首诗，这种兼容了工业生产与微观层面的科技题材中并不容易发现诗意，诗人更是大概率很难直接成为熟练的产业工人，或进入到分子、原子的微观层面一探究竟。但龙小龙找到了有趣的切入角度，微观世界在他笔下放大，变成了个体与群体，变成了日月星辰，因而形成诗境。"分子、原子、电子、粒子"

的组合、现代企业制度、科研技术攻关和个体的"人格"并行，人格上的"去伪存真"和技术上的删繁就简形成了同构关系。《飞驰吧，青春中国》对快递行业的吟咏也让人耳目一新，诗的第四小节中王二冬写了"一分钟里的中国快递"，用十三个数据堆叠起了新时代中国繁复而井然的征象。诗人当然无法亲身来到快递流水线上详细计数，但这些通过挖掘、整理、学习得来的知识却成了诗人最好的创作源头，也让读者在感受诗意的同时，加深了对这个时代的精神、对自己每天身在其中却又不知其根底的世界有了更进一步的理解。

世纪之交以来，为数众多的主题创作工程取得了很大成绩，但是直到今天的"百年路·新征程"诗歌创作工程，我们也必须承认这种创作形态仍然正处于，也必将在未来的很长一段时间里处于不断探索、不断完善的状态之中。如何将新出现的事物以及新的时代大事与过往千百年沉淀下来的创作方式结合在一起，如何在官方语汇和民间语汇中找到一种兼顾二者又具有文学性的语言体系，如何提升创作主体对时代和现实的理解程度，而避免形式上声嘶力竭、内容上极为苍白的抒情，都是这一类创作需要处理的问题。

但这种创作的意义是毋庸置疑的。如何在以全面小康、脱贫攻坚、中华民族伟大复兴为主题的前提下写出好诗，对于诗人来说是巨大的挑战，这种挑战的困难程度以及牵涉的复杂历史、政治原因，让相当多的创作者对此避之不及。然而这样的题材作为时代精神的重要组成部分又绝不应该缺席，因此主题创作的必要性就得到了凸显。就像本文开篇论述的那样，文学与读者之间存在的错位与裂隙，与时代精神息息相关。当传统文学逐渐小众化、精英化，而普罗大众却在辛苦而成就感模糊的社会分工、高度便捷却缺少主动性与选择空间的生活消费方式、注意力涣散的社交媒体或娱乐行为中远离文学时，主题创作承担着通过正面、肯定性地呈现时代精神，让高山下降、幽谷抬升以弥合裂隙的任务和使命。

在今天这个时代，谁都没办法强制人们重新回到文学，但是文学却始终应该为他们留下一个以完整、深刻、形象的方式观察当下、理解世界的窗口。只要他们愿意抬头，就会看到、理解自己正处在什么样的时代里，看到自己的点滴汗水其实通向未来，看到包括自己在内的小小身影正连接成一个庞大的精神共同体。

（刘诗宇，中国作家协会创作研究部助理研究员）

诗 歌 维 新： 新 时 代 之 新

全景写作与象牙微雕
——当前史诗创作的可能性

◇ 王年军

现代新诗发生一个世纪以来，史诗写作的困境是一直存在的，如果我们假定诗歌史演变的自主性（autonomy），那么史诗长期是中文写作者们隐匿的阿喀琉斯之踵。在批评家臧棣对于当代诗歌之中长诗困境的文章中，有一些个人意见是值得重视的，比如："作为一种体裁，长诗已经被以前的诗歌语言耗尽了。如果要写的话，很可能就变成凭个人的抱负坚持下去的东西。或者，一种意志的较量。长诗的写作，还要有一个诗歌文化来支撑。"(《建立中国新诗的认证机制——臧棣访谈》，2013)这种观念强调，支撑西方长诗的是其文化中的宗教因素和劳作精神，而中国文学的优势在于抒情诗和短篇小说——这是一种沿着"自主性"的内在脉络往下延伸的判断。但语言和文学观念的演变是随着历史的发展而发展的，它不仅在垂直层面上与每种语言文字自身的历史有关，而且在横向的水平面上处于与同时代思想、政治、社会史的关系之中。在近年来，中文史诗写作的成果和问题开始重新引起诗人、批评家们的讨论，也与白话文学在一百年中的积淀，以及伴随民族国家的崛起"中文"变得更加自信、成熟的"时代精神"有关。

就像诗人李少君所说，"伟大实践呼唤与之匹配的时代史诗"，本文谈论的两位诗人，都或隐或显地处理着跟自己时代的关系。王自亮的《长江传》谱写了一曲关于中国最大河流长江的史诗，在书写大江大河的作品中，它的特殊之处在于，作品浪漫主义的精神结构和对本土"风景线"的认同，应和了中国近几十年在全球综合实力日渐提升的现实。曾经在20世纪80年代，在关于中国作为"黄土地"式的农业文明和西欧"海洋文明"的对照中，对中国地理"封闭"结构的批评甚嚣尘上，那时，一些论者罔顾中国曾经是"白银帝国"的事实，把黄土地、黄河视为华夏文明"衰落"的原因。与之对比，王自亮的《长江传》在四十年中彻底走出文化上的"地理决定论"，结合历史、风俗研究和实地考察，对中国南方开放、强劲的河流文化进行了一次有力总结。与之对比，王单单的《花鹿坪手记》以一个村庄的"象牙微雕"，刻画了中国消除绝对贫困的过程中基层民众的生活——它的背后是将近1亿贫困人口改善民生的走向，这放在世界史上也是一件壮举，在发展中国家中更是一项特例。像《花鹿坪手记》这么近距离地以一个村庄为单位完成一部关于贫困人口的诗集,在新诗史上是少见的,作者的写作结合了自己两年脚踏实地的"下沉"生活,而不是走马观花的"田野调查",这凸显了当前史诗写作中"贴近生活""贴近人民"的特色,让人不禁追忆起共和国早期历史上柳青等人为了写成《创业史》这样的"散文史诗"而做出的类似努力。

就调性而言,与柏桦的《水绘仙侣》、西川的《万寿》、肖开愚的《内地研究》、欧阳江河的《凤凰》等后现代解构文学的"百科全书"相比,王自亮选取了一种更加不受争议,因而也更加"保守"的史诗写作策略,某种意义上延续了自然写作、颂诗和以郭小川、贺敬之为代表的政治抒情诗的传统,也对这个传统进行了一些敏锐的调整。如果将其指认为"史诗",可能也部分来自作为其文本背后符码的 19 世纪现实主义文学传统。在这种传统中,人们设想存在一种关于世界的"总体性"——"史诗"和"现实主义小说"为读者提供了关于时间和空间的稳定性、事物秩序和社会结构的可知性等"信息"。另一方面,它的浪漫主义来自左翼进步传统中关于社会不断进步的信念、对未来乌托邦的召唤、对人民和大多数人的口语的信任,因此,诗人驱散了个体的小我、孤独和脆弱,找到了整体生命与民族文化的充实、喜悦和能量。

和20世纪80年代"诗歌热"中催生的"浪漫主义"史诗不同，王自亮写作上的复沓、耐心和过程感（往往是数年深思熟虑的产物），明显是深思熟虑、长期规划的结果。写作过程的持续和主题的专注，也使这些长诗区别于一两百行的"中型诗"——后者在构思和写作上往往是更加短时段的。就诗人已经发表的《长江九章》而言，作品格调高昂，气势澎湃，让人回想到屈原的《九歌》和巴勃罗·聂鲁达的《马丘比丘之巅》，一种浪漫主义激情贯穿于诗句，其作品刚健、粗犷的风格呼应了祖国博大壮美的山河。标题中的"九章"也许是有意为之，与中国诗歌源头的"九章"呼应，而且考虑到"九"在中国文化中的象征意义，作者在诗歌形式上的设置应和了长江作为中国最大河流的至高地位。在建行模式上，诗行采取了较为整饬的字数，节奏上的奔放兼容了视觉上的连贯、统一和有序，制造出戴着镣铐跳舞的形式美感。

在叙事方面，诗人也内藏章法，第一首"神圣之源"是从河流在雪山的发源地讲起，之后依次按照河流的走向抵达都江堰、重庆朝天门、武汉、九江、南京等，中间穿插长江的夜色、历史文化典故，最后抵达扬州、太仓、上海外滩，实际上也是对中国南方河流文化的一次巡礼式总结，我们不仅能在其中读到长江及其沿岸今日的地理、风景，而且能够感知到它所孕育、发展、深藏的文明。更为重要的是，诗人也许不期然间，跟着长江的自西向东的流向，总结出中国文化从内陆、中部到沿海的"文化地理学"。比如，在青藏高原上长江的源头格拉丹东峰，作者的叙述主要针对的是"树枝向更高天空伸展，阳光的金币／撒向屋顶"这样的自然景观和原始、野性的气象，而在都江堰、朝天门，作者则看见了中国几千年文化中被重叠、复写多次的历史，以及地域性的风俗文化。在武昌、南京，诗人的笔触则敏锐地捕捉了它们在中国古代和近代历史中的重要作用，像"荆楚雄风"一章中，诗人就提喻了楚文化所孕育出的三峡文化、汉阳铁厂和《湘江评论》，以及江西蜡梅与昆曲等亦旧亦新的事物。最后，在扬州和上海，诗人提到了跨文化的交流，比如鉴真东渡、"蛮商夷贾"和近现代的码头文化，描写了"一个交往频繁的时代／散发出难以形容的混合气息"，比如，"过洋牵星术"和近代航海技术进行对比，深邃地捕捉了古与今、东与西之间的文化对比和对应。

《长江九章》的艺术性和感染力，可以说是对时代精神的准确把握的结果。整组诗并未流于怀旧或咏物诗传统，而是显露出"长江流日夜，世界刻刻新"的变革精神，呈现出"互为激荡"的时代文化，也可以说是对中国当前文化自觉与自信的潜意识表达。其诗句细部的意象上也耐人寻味，比如"大江并非玻璃，而人就像一滴水／被目光、灯光与波光轮番激活，在流动中寻思"，带有超现实的美感，或"汉阳铁厂的机器翻译了过往轮船汽笛声"，看似修辞至上的闲笔句子，却精确地捕捉了张之洞等人作为中国近代工业缔造者修造铁厂、"西学东渐"的文化背景,其中"翻译"这个词既是虚指也是实指,贴合了"开风气之先"的武昌、汉阳在近代"化铁炉之雄杰,辗轨机之森严"的地位。

除了《长江九章》,诗人王自亮还写了《长江传:诗篇(1979—2017)》,创作周期长达四十年,从对同一母题的重复开掘而言,其写作无疑是值得认真对待的。也许就主题的"家族相似"而言,将其与孙文波的"新山水诗"对照是有趣的。诗人孙文波想要用断章、碎片、摘要的诗歌装置来构造史诗,举例来说,他所重新启用的"山水诗",首先意指中国古典诗歌之中一个持续受到关注的亚类型,在其中他发现了"即兴处理题材的能力"(《洞背笔记》,第141页),而在当代诗中,这种能力是被压抑的。孙文波之重新启用这一传统,就包含着对传统的"恢复"这一作者意图。通过诡辩、悖论、似是而非、"伪"问题、戏仿等,诗人得以用"食人主义"的态度吞噬大量的新观念和新词汇,而这种拿来主义、打破边界的过程,也导致了一个时期内诗歌肌体的消化不良。在王自亮写作的同时,孙文波为代表的现代诗的"新山水诗"传统也正在生成,这构成他的作品不得不对话的"语境",尽管它有时候不构成"影响的焦虑",但却构成"中国文学场"

的一部分。孙文波可能关注了"开放性""复杂性""即时性"的问题，而王自亮则关注了"浪漫主义再生""民族性""总体性"的问题。在诸种因素的综合作用下，游记、写实主义文学、山水诗中的"再现"与及物／即物能力，也是需要被放置在同时代写作的共时平面上进行考虑的。

王单单的史诗则是由短篇的抒情诗组成，需要在另外的语境中进行辨析。"一方面是其完整性，可看作是一首具有整体性完美结构的长诗，另一方面，其中每一首诗又单独成立，自成一体，构成了一个个体之和大于整体的诗学审美效果"（李少君《以"诗史"笔法，书写脱贫攻坚伟大史诗》），这种以短诗的集合体构成"诗史"的方式，提供了汉语"史诗"书写的一种可能。在内在结构模式上，它也延续了一个古老的传统——近世以来长篇组诗的基本元素，无论是《序曲》《恰尔德·哈洛尔德游记》，还是《诗章》《伐木者，醒来吧》，都有某种"徒步""亲历"或"见证"的模型。《花鹿坪手记》也以一个诗人在陌生区域的见闻为主要线索。就中文当前的写作而言，王单单则内置于云南为代表的新时期边区书写传统，和包括"新山水诗""新边塞诗""自然书写""农村诗歌"在内的诗歌谱系产生对话。在某种程度上，李少君、雷平阳、雷武铃、蓝蓝等诗人与自然、乡村相关的作品，在近年作为一种有效范式被文学史接纳，也导致了王单单这样的"80后"年轻诗人的"影响的焦虑"。与此同时的是"历史对位法"的消失，换言之，古典山水诗、涉及农村风光的古代文学的传统所带来的"影响的焦虑"已经微乎其微了。比如杜甫、陶渊明、杨万里，这些古代诗人的诗歌意象和诗意生成语码在王单单的诗歌中的缺席构成了一种"症候"。诗人无意于在传统与现代的诗意空间之间制造平行效果，我们只在其中偶尔读到古典诗歌的反响，比如《早春》中："我向过路的老乡打听／赵大发家在哪里／有人指向密实的梨花丛中／昨夜大风，将那儿吹出一个窟窿／两间瓦房，隐约其中"，这几行诗在意象、主客关系、山水诗程式、游览情境、对"贫困"的见闻上，就综合了杜甫《茅屋为秋风所破歌》中的"八月秋高风怒号，卷我屋上三重茅"，杜牧《清明》中的"牧童遥指杏花村",以及陆游《游山西村》中的"山重水复疑无路,柳暗花明又一村"等。但诗人的基本语码更多地指向的是农民生活的现实困境,而不是刚才所涉及的古典文学"意素"。就像在《无字联》中,看似贴对联这样具有古老传统的日常生活实践,却因为物质和教育上的双重匮乏而被改变,以至于宋篾匠只能贴出"无字联"——这被过路人和作为见证人的"我"视为具有传统文学和绘画的"留白"效果,"而且每个在他家门口 / 停留的人,都会带着 / 美好的祝愿 / 去填自己心中的对联",但诗人平白、内敛的句子,其实也对这种"诗意化"联想表达着隐隐的抗拒,这些温馨的关联只是诗人引导读者更好地去接近贫农们窘迫的日常生活的方式。

在《小户主》中,诗人发现一个"伦理"上怪异的现象——孩子的母亲变成了姨娘。作者的叙事语调平实,没有带任何刻奇或谴责，让读者在意外之余对普通人的生活状态产生哀怜与同情。这样的情境，比之"莫笑农家腊酒浑"这样的古典诗句，也许更接近现代作家许地山的《春桃》或刘恒的小说。此外还有《雨中访徐》《陈贵真》《勇士》《命运》《老党员》等诗，这些诗关注的对象都是贫困村中的鳏、寡、孤、独。很大程度上，这是近些年伴随城镇化和外出务工潮流而出现的现象，作为经济腾飞的背面，这些留守者一直缺乏媒体的正面关注。诗人既参与了对贫困户政治、经济上的扶助，也参与了对他们情感、日常生活的关注，某种意义上甚至变成了情感的"投入"者，就像《陈贵真》中空巢老人所述，"你们太好了／这两年，比我儿子／来看我的次数还要多"。此外，《雨中访徐》写诗人对一个名叫徐福贵的人的访问，"徐福贵是个聋哑人／他听不到雨声、犬吠／也听不到咚咚咚的敲门声／我要给徐福贵送菜籽油／只能一遍遍地在他家周围徘徊／

等他睡到自然醒／才能为我打开门"；在《勇士》中，一位农民工在疫情之后到外地打工，当村里统计他的地址时，他却说不出来，直到几天后，"他终于搞清楚落脚点了／在电话里告知我：王老师，这地方叫无锡／我给人揣灰浆，两百块一天"。这些几乎没有任何形容词的简单描述，捕捉了如果不被诗人记述下来，就将永远淹没不闻的历史细节。

当然，除了这些让人不忍直视的现实，《花鹿坪手记》也记录了乡村人们日常生活中或喜悦或平淡的瞬间。比如第一辑中的《易迁户》，或第二辑中的《感恩》《暮春之初》等。《易迁户》从孩子的视角写农村的移民搬迁，充满了童稚心，"爸爸，从老家那边看过来／我们现在像不像天上的星星？"这句诗，很接近郭沫若《天上的街市》："远远的街灯明了，／好像闪着无数的明星。／天上的明星现了，／好像点着无数的街灯。"

作为微观叙事，"花鹿坪"序列的情感投入是诚恳而深沉的，就记录中国民间最重要的脱贫事件而言，它作为报告文学的潜能也是显而易见的。这和王自亮《长江传》形成了颇有意味的对比，前者对"我们的土地"慷慨、恢弘的赞颂，与后者对普通无言者、无名者的亲近、敬重，其实是中国当前生活现实中同一个进程的两个方面。也许这是除了史诗性之外,王自亮和王单单的作品之间更深层的联系。不过限于篇幅,这里的对比仍是初步的。在二人的作品中,我们读到诗人明确的主体位置,真实的生活质感和语言质感,不管风格上的差异如何,这种对时代脉搏的把握都准确而清晰,值得今后的书写者认真考虑。

(王年军,北京大学中文系博士生)